바람이 머물다 간 자리

바람이 머물다 간 자리

윤재룡 소설집

도화

차 례

작가의 말

요지경 인생瑤池鏡 人生

헬스장 안쪽의 약 10여 평은 사방 벽면이 거울로 되어있다. 동작들이 수십 개로 이어져 요지경(瑤池鏡) 속 같았다. 괴성을 지르는 듯 요란한 음악이 광분하는 곳에서 주 5회 아침 열시 반이면 회원들의 에어로빅이 시작됐다.

근육으로 잘 다듬어진 S라인 몸매를 한 젊은 여자 트레이너의 구령에 맞춰 몸동작을 따라 하느라 분주했다. 맨손체조 같은 동작이 끝나면 매트리스를 깔고 위에서 다음 동작에 들어갔다. 곧추서서 허리를 굽혀 바닥을 짚는데 손바닥이 바닥에 닿지 못하자 안감 힘을 써댔다. 앉아서 다리 벌리기도 마찬가지였다. 젊은 여자들은 유연하게 다리를 찢는데 비해 중년 이상은 동작이 매우 굼떴다. 양다리가 바닥에 닿도록 찢어져라 벌리지만, 몸이 이미 굳어서인지 반쯤 벌어진 상태에서 중심을 못 잡고 비틀거렸다.

허리를 굽히는 동작에서는 뱃살이 두툼하여 손바닥이 바닥에 닿지를 않았다. 트레이너가 다가와 등을 안쪽으로 바짝 민다. 그러면 여자는 자지러지는 소리와 함께 바닥으로 나뒹굴었다. 앉아서 다리를 벌릴 때도 어깨를 짓누르면 비명을 질렀다.

삐져나온 옆구리 살과 처진 뱃살로 인해 굼뜨지만, 그래도 동작을 따라 하느라 분주했다. 에어로빅이 끝나면 꼭 '아싸'를 세 번 외치고 나서 나이 든 여자들은 찜질방으로 들어갔다.

남향의 창가에는 30여 대의 러닝머신을, 그 뒤로는 자전거를 20여 대 설치해놓아서 에어로빅이 끝나면 아예 점령을 하듯이 몰려들었다. 여자들은 자전거를 타면서 음악소리 때문에 더 크게 떠들어댔다. 그래서 장내는 매우 시끄러웠다.

러닝머신 중간쯤에서 50대 정도로 보이는 남자가 열심히 뛰고 있었다. 그는 머리가 빠져서 이마가 넓어 보였고 천장의 불빛을 받아 유난히도 반짝거렸다. 그는 가끔 지방으로 내려갔다가 길게는 한 달 정도 있다가 온다 하였다. 주로 건설현장에서 일하기 때문에 햇볕에 타서 얼굴이 검다고 했다. 한참 만에 돌아온 그는 그동안 못한 운동을 한꺼번에 하려는 듯이 쉴 틈도 없이 열심히 땀을 흘렸다.

아침에 여자들이 모이면 정수기 앞으로 몰려들어 일회용 믹스커피를 타서 마시며 잡담을 늘어놓았다. 그 시간에 카페를 운영하는 여자는 에스프레소 커피를 테이크아웃 용기에 담아왔다. 늘 그렇게 갖고 와서 친한 여자와 나눠 마시며 잘난 체하여 주위 여자들한테 미움을 샀다. 한번은 주제넘은 말을 한 것이 화근이 되었다.

"나는 라테나 에스프레소가 아니면 안 마셔. 일회용이나 일반 가루 커피는 싱겁고 향이 별루라서….”

그러면서도 가끔은 매장에서 팔다 남은 아이스크림이나 초콜릿무스를 갖고 와서 '이런 것 비싸서 못 사 먹을 거야' 하면서 주는데, 어떤 여자는 엉겁결에 받아놓고는 황당하다는 듯이 여자가 가버리자 구시렁거렸다.

"잘난 체하기는. 이걸 받아먹어야 돼 말아야 돼!”

하면서 결국은 다른 여자를 줘버리고 말았다. 그래서인지 다들 그 여자를 점점 멀리하려 들었다.

찜질방에서 여러 명이 나오자 또 다른 여자들과 합세하여 시끄러웠다. 떠드는 내용도 잘 들어보면 그렇게 허풍 떠는 것만은 아니었다. 모든 일에는 분명히 발생하는 원인과 이유가 있었다. 그러나 이유가 어떻든 간에 듣기에 따라서 달라질 수도 있는데, 여자들은 늘 그렇듯이 주위의 회원들 '가십(gossip)' 거리를 찾아 혈안이 되어있었다.

음악이 시끄러워서 더 목청을 높여 대화를 하지만, 그중에서 몇 여자는 유난히 목소리가 컸다. 또한 생긴 모양새도 그렇고,

말, 행동 따위가 거칠다 못해 무식해 보였다. 그런 여자들을 보면서 몇몇 남자들은 눈살을 찌푸리기까지 했다.

그렇게 몇몇 덴덕스럽던 여자들이 찜질방으로 들어가고 사제복을 입은 한 여자가 들어왔다. 여자는 주위를 살펴더니 얼굴 검은 남자 옆으로 올라가 뛰기 시작했다. 클럽에서 제공하는 옷이 아닌 몸에 착 달라붙은 운동복이 받쳐주어 그런지 자세가 날렵해 보였다. 바지 엉덩이에는 'PINK'라고 붉은 글씨가 새겨져 있고, 옷 색깔도 밝은 오렌지색이어서 같은 여자들도 섹시하다며 사뭇 부러워하는 눈치였다. 그리고 그녀의 뒤로 묶은 긴 머리가 뛸 때마다 시계추마냥 좌우로 흔들렸다. 여자들은 그것도 매력적이라며 시선이 집중되어갔다.

한참 동안 뛰던 얼굴 검은 남자는 흐르는 땀을 수건으로 닦으면서 러닝머신에서 내려와 자전거를 타기 시작했다. 흘러내리는 땀을 주체 못 하고 왼손으로는 자전거 핸들을 잡고 오른손으로 연신 땀을 닦아내기에 바빴다.

얼마 후 꼭 낀 운동복을 입고 뛰던 여자가 러닝머신에서 내려와 물병을 열어 물을 마셨다. 그리고 얼굴 검은 남자 옆 자전거에 올라가 페달을 밟았다. 이내 속도를 내면서 선 자세로 빠르게 달리자 옆의 남자는 여자를 힐끗 돌아봤다. 여자는 옆에서 속도를 높여 달렸다. 남자는 다시 곱지 않은 시선으로 여자를 응시했다. 한참 바라보던 남자가 망설임 끝에 한마디 던졌다.

"저 말인데요, 지금 옆에서 롤링 어롱 하니까 갑자기 머리가 다 어지러워지네요."

'롤링 어롱(rolling along)'은 자전거에서 서서 지그재그로 힘차게 페달을 밟아 달리는 것을 말하는데, 옆에서 남자가 그러거나 말거나 그녀는 더 열심히 페달을 밟았다. 남자는 여자를 보면서 머쓱해하더니 다시 말을 건넸다.

"저기요, 여기는 경륜장이 아니거든요. 그런데 혹시 과거에 선수 생활했었나 봐요?"

"네, 맞아요. 그런데 왜 그러시죠?"

"아! 그렇구나. 그렇다면 스프린트? 아니면 스크래치로 출전했나요?"

'스프린트'는 올림픽 정식종목으로, 2~4명씩 조 편성되어 트랙크기 333m까지의 트랙은 3바퀴. 333m 초과는 2바퀴로 결승선을 먼저 통과해야 우승이고, '스크래치' 종목은 특정한 거리를 주파하는 개인경기로, 여자 엘리트 10km, 남자 엘리트 15km의 경기종목이었다.

여자는 남자가 자전거 경기 방식에 대해 좀 알고 있다는 생각이 들어 호기심이 일어났다. 그래서 그를 바투 바라다보다 대답을 했다.

"경륜을 했었거든요. 전에 학생 때요. 경륜이라면 토너먼트 방식인 250m 트랙을 8바퀴(333m 트랙은 6바퀴)를 주행하는데요, 오토바이를 탄 유도 요원을 따라가는 거구요."

엔진 달린 자전거를 탄 유도 요원이 시속 30km로 출발하여 서서히 속력을 높여 시속 50km까지 속력을 낸다. 그리고 결승선 약 600~700m 지점에서 심판의 지시에 의해 트랙에서 나와야 하는 방식이었다.

여자가 경륜에 대해 얘기하면서 웃어버리자 남자가 할 말을 잃었는지 침묵으로 일관하자 여자가 다시 물었다.

"그런데 아저씨는 자전거 경기에 대해 좀 아시는 것 같은데, 혹시 전에 선수 생활을 했었나 봐요?"

"눈치 하난 빠르네! 나도 전에 자전거를 좀 탔었지요. 도 대표로 대회에도 여러 번 출전을 했고. 그런데 여사님은 어느 종목을 주로 했나요?"

"호호홋! 웃기시네요. 아저씨가 여사라니까."

"그럼 뭐라 불러요? 아가씨가 아니면, 아마 사모님? 후후!"

"아직 젊은데 여사라니까 그렇지요. 그리고 사모님은 또 뭐예요?"

"그럼 어쩌자는 겁니까? 이쪽저쪽도 아니면 어느 쪽으로 가라는지?"

"아저씨 맘 내키는 쪽으로 가셔요. 잡지 않을 테니까요. 호호호!"

남자는 이도 저도 아니고 맘 내키는 쪽으로 가라 해서 그냥 누이라고 부르기로 하고 다시 물었다.

"누이는 경기에 나가서 몇 등 했나요? 후후!"

"어찌하여 '마샬(marshal)'도 아니신 분께서 너무 꼬치꼬치 묻네요. 그리고 누이는 또 뭐고요?"

"맘 내키는 쪽으로 가라면서요? 아무리 생각해도 내보담 많이 아랜 것 같으니 그냥 누이동생이 편할 것 같은데. 그리고 도로경기 '코스통제원'은 아니어도 물어볼 수는 있잖아요?"

"'데드 힛(dead heat)'까지 했었는데요, 그럼 됐나요? 다음엔 또 뭘 물어보시려나아? 이참에 '라이센스 체크(licence check)'라도 하시고 싶으세요? 호호호!"

데드 힛은 동시에 골인하는 것을 말한다. 여자는 다시 '버스트 오브 스피드(burst of speed)'인 전속력을 내고 있었다. 한참 동안 질주하던 여자가 자전거 속도를 줄였다. 그녀는 옆의 남자에게 오른손을 거머쥐더니 붉은 매니큐어를 칠한 손톱의 새끼손가락을 펴 보였다. 그리고 빨리 부산을 왕복해야 한다며 다시 속도를 높였다.

남자가 고개를 갸우뚱하자 그녀는 윙크를 하면서 그에게 대거리를 했다.

"요거이요. 요거이 없어서 스트레스 푸는 중이거든요."

그녀가 다시 새끼손가락을 톡 튀겨 새우자 눈치를 챈 그는 가소롭다는 듯이 입을 비쭉거리며 비아냥 조로 대거리를 했다.

"아무리 젬병이라 해도 그 정돈 다 알거든요. 요즘 밖에 나가 보면 모두가 다 하나씩 있던데 누이는 왜?"

새까맣게 타가지고 멍청하게만 보이던 남자가 자전거만 잘 타는 줄 알았는데, 이번엔 갑자기 수준 높은 말을 한다는 생각이 들었는지 여자는 자세를 곧추세우면서 눈을 흘겼다.

"나를 보는 사람마다 한다는 소리가 다 있어 보인다나요 뭐! 그래서 여태껏 이러고 있는데 아저씨도 그래 보이나요?"

"요즘 교외로 나가보면 쌍쌍파티 족들이 얼마나 많은지 아서요? 늘어나는 게 음식점이고 거기다 또 모텔은요."

"어머! 이 아저씨 좀 봐. 첨보는 여자한테 못 하는 소리가 없네. 아저씨는 있어도 서넛은 있는 사람 같네요."

"하하하! 난 그딴 거 없어요. 우리 건설사 젊은 직원한테 들어서 아니까 넘 오버하지 마요."

생각보다는 꽤나 아는 게 많다고 생각한 여자는 의구심이 일었는지 다시 물었다.

"아저씨 보기보담 넘 멋쟁이시다. 사통팔달 다 통달하셨으니!"

"괜히 놀리시네. 오히려 누이가 있는 것 같아요. 그래서 사람들이 접근을 꺼리는 거 같구여. 있는 티가 나는 건 확실한데 증명할 길이 없으니…."

그가 멋쩍어하면서 실실거리자 여자는 이내 눈을 치켜세웠다.

"정말 속상해! 난 안 그런데 넘들이 그렇게 생각을 하고 있으니. 눈들이 삐어도 보통 삔 것이 아닌가 봐여!"

그들이 자전거를 타면서 주고받는 대화는 멜로드라마를 연상케 하였고, 속물적인 본질을 드러내기까지 하였다. 둘은 매일 같은 시간대에 나와 운동을 하면서 때로는 정수기 앞에서 커피를 마시기도 하면서 무척 친해져갔다. 둘이서 나누는 대화를 옆에서 듣던 여자가 찜질방에 들어가서 물고 늘어졌다.

"언제 봤다고 그새 커피까지 같이 마시며 노닥거려! 하여튼 반반한 것들은 어디가 티가 나도 나. 가만있지를 않거든!"

바닥에 철퍼덕 드러누워 빤히 올려다보던 뚱뚱한 여자가 뜬금없이 무슨 소리냐며 일어나 끼어들었다.

"뭔데 그래? 장 여사!"

"머리 뒤로 묶은 여자 있지. 그 수목원에 산다는 여자 말이야, 건설사 다닌다는 새까만 남자와 둘이서 엄청 친한 것 같애. 같이 운동한 지가 얼마 됐다고? 벌써부터 꼴값들을 떨고 지랄들이잖아."

밉살맞아 눈에 거슬려 못 보겠다는 듯이 여자들은 두 사람을 심심풀이 껌처럼 입에 넣고 질겅질겅 씹어댔다. 전에 한 젊은 여자가 몸에 착 달라붙은 배꼽티를 입고 운동을 했다. 며칠이 지나자 그 여자에게 슬쩍 눈을 흘기며 '몸매 자랑하려고 여기 나왔나. 누구에게 잘 보이려고?' 하며 옷맵시를 못마땅하게 여기며 비아냥거렸다. 결국 배꼽티를 입고 운동을 하던 젊은 여자는 여자들

눈총에 못 견디고 긴 티를 입고 나왔다. 그런 그녀를 보는 남자들은 몹시 아쉬운 듯 입맛을 다셨다.

"웃기는 놈들! 자기들 몸매가 받쳐주지 않으니 괜히 심술을 부려서 눈요기도 못 하게 하네. 나 원 참!"

"그러게 말이야. 동네 수준이 그렇지 뭐. 배꼽티가 뭐 어째서? 발랄하고 섹시하기만 한데. 안 그렇소이까? 호호호!"

남자들이 투정을 부릴 만도 했다. 에어로빅 동작 순서라든가 벽면에 붙어있는 여성 바디빌더의 근육질 몸매, 배꼽티에 러닝을 하는 젊은 여자의 발랄한 사진을 보고도 그런다고 불만이었다.

수목원에 사는 여자는 남자와 함께 운동을 하면서 찜질방 여자들의 곱지 않은 시선을 느끼게 되었다. 그래서 둘은 가급적 직접 대화를 피하고 카카오톡으로 문자를 주고받다 밖에서 만나게 되었는데, 한 달포가 지나서였다. 둘이 밖에서 만나는 것을 봤다고 한 여자가 찜질방에서 떠들어댔다. 둘이 구설수에 올라 막 시끄러워지는데 얼굴 검은 남자가 건축일 때문에 지방으로 떠났다. 그래서 수목원 여자는 혼자서 운동을 하게 되어 차츰 둘의 이야깃거리가 시들해지는가 싶었는데, 이번에는 다른 여자들을 들먹거렸다.

회원 중에 선풍기라는 여자와 족발집을 하는 여자가 있었다. 선풍기 여자는 만나는 남자한테 잘 보이려 성형을 한다 했다. 하도 얼굴을 뜯어고쳐 선풍기 날개처럼 축 처져 그렇게 부르는데, 아울렛매장에서 점포를 운영하였다. 정말 바투 바라보면 얼굴이 푸르죽죽한 게 부작용에서인지 처진 피부에 멍이 든듯했다. 여자들이 앞에서는 대놓고 말을 안 해도 뒤에서 이죽거린다는 것을 여자는 모르고 있었다. 그래서인지 푼수처럼 목청을 높여 떠들어 댔다. 족발집을 하는 여자는 얼굴에 보톡스를 너무 맞아 터질 것 같은 얼굴로 나와 운동을 하는데, 어떤 때는 땀수건과 선글라스로 멍들고 상처 난 얼굴을 가리고 운동을 하였다. 주로 러닝머신에 올라가 뛰는데 누가 물으면 넘어졌다고 하지만, 넘어져서 다친 얼굴이 아니고 남자한테 얻어맞은 거라고 수군거렸다. 그러나 정작 본인은 아무렇지도 않다는 듯했다.

"아무리 술집을 한다 해도 그렇지. 그런데도 그 몰골로 운동하러 나와!"

족발집 여자가 나오면 뒤에서 철면피가 따로 없다고 찜질방에서 여자들이 시끄럽게 비아냥거렸다.

지방으로 떠났던 얼굴 검은 남자가 오랜만에 헬스장에 나타났다. 그의 얼굴은 전보다 더 검게 타 있었다.

그동안 혼자 외롭게 운동을 하던 수목원 여자가 그와 같은 시간대에 나와 함께 운동을 하였다. 운동을 끝내면 각자 샤워실로 가고, 그렇게 함께하다 일주일 후에 사단이 벌어졌다. 한패거리의 여자들이 찜질방에 들어앉아 떠들었다. 찜질방에서는 수목원 여자와 얼굴 검은 남자를 도마 위에 올려놓았다.

에어로빅을 시작하기 전인 오전에 그들이 다투는 말을 영풍이라는 여자가 화장실을 가다가 들은 것이다. 영풍 아파트에 산다고 해서 영풍이라 불리는 여자가 찜질방에서 죄다 떠들어 댔다. 그래서 찜질방의 여자들 입에 의해 삽시간에 헬스장 안에 퍼졌다.

"어머머! 수목원 빌라에 사는 여자가 그 얼굴 까만 남자와 엘리베이터 옆 구석에서 싸우데. 난 여태 소문인 줄만 알았는데 정말 사귀나 봐."

영풍은 오랜만에 호재를 만난 듯이 호들갑을 떨었다. 옆에서 듣고 있던 배가 나온 여자가 말이 끝나기 무섭게 다그치듯이 물었다.

"무슨 내용인지 자세히 좀 말해봐 봐."

영풍은 무슨 대단한 장면을 목격이라도 한 듯 한참 동안 말을 끊었다. 옆에서 여자들이 다시 안달을 하자 그제서 침을 튀겨가면서 두 사람에 대해서 털어놨다.

"화장실을 가다 사람소리가 나서 섰는데 어머머! 얼굴 까만 그 남자가 수목원 여자한테 '너, 나 없을 때 다른 남자와 농담 같은 거 하지 말고 커피도 같이 마시지 마' 하니까 수목원 여자도 앙칼지게 내뱉는데, '다른 여자한데 한눈팔지 말고 오빠나 잘해. 나도 신경이 무척 쓰인단 말야!' 하면서 다투는데 나 참, 기가 막혀서."

찜질방의 여자들에 의해 두 사람의 소문이 입에서 입으로 전해졌다. 헬스장의 남자들까지 알게 되었는데, 두 사람은 그런 줄도 모르고 함께 운동을 하다 얼굴 검은 남자는 다시 건설 현장으로 떠났다. 그가 가고 없자 다시 수목원 여자는 혼자 운동을 하게 되었다. 그녀가 나오면 여자들이 하던 얘기를 멈추고 슬슬 피하기도했다. 물론 남자들도 운동을 하다가 수목원 여자를 힐끔 곁눈질하면서 수군거렸다. 여자는 평상시처럼 운동을 하려 했으나 함께 운동을 하던 여자들의 곁눈질 때문에 신경이 쓰였다. 그런 일이 있기 전에는 서로 마주 보면서 훌라후프를 돌리기도 하고, 정수기 앞에서 커피를 마시면서 갖은 얘기를 지껄여 댔는데, 얼굴 검은 남자가 떠난 후부터 같이하던 운동도 따로 하고 심지어는 커피도 함께 마시려 하지 않았다. 그 여자로 인해 헬스장 안은 좀 어수선했다. 요즘 흔한 말로 왕따를 시키고 있었다. 그렇게 거리감을 주자 수목원 여자는 더 견디지 못하고 결국은 헬스장에 나타나지 않았다.

수목원 여자가 안 나오면서 얼굴 검은 남자와의 이야기는 뒷전으로 사라지는가 싶었는데, 이번에는 다른 곳에서 일이 불거져 나왔다. 임대업을 하는 이 사장이라는 남자의 여자관계가 화젯거리로 떠오르기 시작했다.

이 사장이라는 남자와 자주 카바레를 드나드는 일수라는 남자의 애인인 '소라엄마'라는 여자의 입에서 흘러나왔다. 일수는 시장 통에서 일수놀이를 하여 일수라 불렸고, 일수의 애인 또한 헬스장을 다녔는데, 헬스장 여자들은 다른 회원들에 대해서는 잘 알면서 등잔 밑이 어두운지 둘의 관계를 전혀 모르고 있었다. 그도 그럴 것이, 일수는 여자들마다 집적거리면서 카바레에서 만나 놀던 여자들 얘기를 하면서 농을 걸었다.

"어제 만난 여자는 가슴이 쥑이더군! 히프도 빵빵하고. 흐흐." 하면서 엄지를 치켜세우고 감탕질소리로 농지거리를 하면 여자들도 지지 않고 대꾸를 했다.

"그럼 거기 가서 알아봐요. 요즘 제비는 강남도 안 가나봐. 호호호! 여자에게 걸신이라도 들린 사람 같은 저 저질인간!"

여자들도 그가 저질이란 걸 알면서도 매일 보는 얼굴이고, 보면 인사를 하는데 안 볼 수도, 피할 수도 없는 노릇이라 마지못해 대꾸로 응수하기에 이르렀다. 그래서 몇 마디 하고 돌아서서 벌레 씹은 얼굴로 '으이그 저 짐승!'이라며 다시 구시렁거렸다.

몇몇 여자들은 아예 그를 기피하면서 인간 취급을 하려 들지 않았다. 일수는 바로 그런 점을 노려 아무 여자에게 농담 반 진담 반 너스레를 떨었다. 그래서 여자들은 일수가 헬스장 안에서 소라엄마와 거리낌 없이 얘기를 해도 전혀 눈치를 채지 못하였다.

임대업을 하면서 이 사장이라고 불리는 사람은 전에는 평화시장에서 메리야스 매장을 하였다고 했다. 지금은 조그만 빌딩을 사서 세를 놓고, 아침에 헬스장에 나와 운동을 하고 오후에는 춤 추러 카바레로 간다고 했다.

그는 헬스장에 나와 운동을 하면서 자주 핸드폰을 꺼내어 보곤 했다. 전화기를 꺼내 보는 것은 여자에게서 오는 전화나 문자를 확인하기 위해서였다. 헬스장 안은 음악 소리가 커서 전화 오는 소리가 들리지 않아 진동으로 해놓았기 때문이었다.

일수가 옆에서 운동을 하고 있는데 여자한테서 전화가 온 모양이다. 그는 주머니에서 단말기를 꺼내 보더니 급하게 밖으로 뛰쳐나갔다. 그리고 한참 후에 헬스장으로 들어왔다. 일수가 이상하다는 듯이 그에게 물었다.

"아니, 운동하다 말고 무슨 전환데 어딜 그리 급하게 뛰쳐나갔다 오는 겁니까?"

"여자한테서 온 전화인데 지금 어디냐고 물어서 엉겁결에 집이라 둘러댔는데 그만, 지금 SBS 방송에서 무슨 프로가 나오는지 보라 해서 아래로 내려가 스마트폰 매장에 가서 확인해주느라고요. 무척 힘드네요. 흐흐!"

"헬스장에는 TV가 수십 대나 있는데 왜 아래 매장까지 가서 확인을 해야 하는지?"

"여자가 얼마나 집착이 강한지 헬스장에 다니는 것을 무척 싫어해서요. 그래서 헬스장 안은 음악 소리 때문에 1층 핸드폰 가게로 가서 TV를 좀 켜 달라 했지요."

"아니, 건강 챙기려고 헬스장에 운동하러 나오는데 뭐가 문제라고 그렇게까지 감시를 한단 말입니까?"

"여자들 때문에 그러지요. 다른 여자들과 눈만 마주쳐도 신경이 쓰이는데 매일 만나 봐요 무슨 일이 일어날지. 그래서 헬스장 나가는 것을 싫어하는 거지요."

"히히히 그거 참. 이십대도 아니면서 집착은! 그렇지만 그렇게까지 한다는 게 넘 웃기네요. 그 여자분은 정말 대단한 열정이십니다."

일수는 그 여자가 집착에서 오는지 아니면 시기심이 강해서 그러는지 너무 황당하여 어이가 없어 하였다. 그리고 그의 말마따나 자기 같은 사랑을 하는 사람도 없을 거라는 말도 마찬가지란 생각이 들었다.

"나는 그 여자한테 한시도 맘을 놓을 수가 없소. 집사람이 부부동반 해외여행 가자는 것도 그 여자가 못 가게 하여 안 갔는데, 내가 왜 이래 사는 지도 모르겠소."

"아주 스릴 넘치는 사랑을 하고 있지만, 집사람이 알면 경을 칠 노릇인데 어쩌자고? 아무튼 그나저나 대단한 로맨스네요. 흐흐흐."

"그뿐만이 아니오. 내가 헬스장으로 가기 전에 집에 있다고 전화를 했는데, 바로 또 확인 전화를 하여 지금 차를 닦고 있다고 했지요."

일수는 갑자기 머리가 띵하고 울렸다. 정상적인 사람이 맞는지도 의심스러웠다. 어찌하여 들통 날 말만 골라 하는지 너무 한심스러웠다.

"그럼 만약 자동차 경적을 울려보라 하면 어떻게 하려고 했소? 거기까지는 생각을 못 했겠지만 서두. 그 여자가 이 사장보다 한 수 위인 건 틀림이 없는 거 같네요."

"아니오. 기분이 이상해서 헬스장으로 가다가 집으로 왔는데, 그녀가 택시를 타고 집 근처에 와서 전화를 했어요. 하마터면 헬스장으로 간 것이 탄로 날 뻔했습니다. 그때는 정말 조마조마했고요."

"그럼 여자는 남편이 없습니까?"

"있는데 조그만 건설회사 사장으로 며칠씩 집에 안 들어오고, 여자도 남편에게 미련이 없다며 나에게 더 집착하고요. 각방 쓴지도 오래되었다는데 그렇지 않겠습니까?"

"그럼 이쯤에서 끊으면 되잖습니까? 그렇게 집착하는 여자를 더 끌고 가다가 들키기라도 하면 그 뒷감당을 어떻게 하려고요? 심히 우려되어 하는 말입니다."

일수의 우려 섞인 말에 임대업 남자도 난처한 처지를 드러내고 말았다.

"그러게 말입니다. 전에 한 번 싸우고 일주일 연락을 안 했는데 결국은 내가 먼저 전활 했지요. 미칠 것 같아서 말입니다. 관계를 끊겠다고 몇 번이고 시도를 했는데, 그게 잘 안 되더라고요. 그 여자를 만나지 않으면 가슴이 텅 빈 것 같이 허전해 오고 불안하여 안정을 찾을 수가 없고요."

일수는 그의 입장을 이해한다는 듯이 고개를 끄덕이면서 실실 웃었다. 그러자 그들 주위에서 운동을 하던 몇 사람이 다가왔고, 작가라는 사람도 옆에서 듣고는 '후후' 하고 웃으며 적잖이 놀란 기색을 하였다.

임대업 남자가 운동을 끝내고 먼저 간다면서 샤워장으로 들어갔다. 일수가 작가한테 샤워장 쪽을 가리키며 고개를 좌우로 흔들었다. 그건 아니란 뜻으로 작가에게 말을 건넸다.

"작가 선생! 요즘 골빈 여자들 쌨고 쌨는데 왜 저러는지 모르겠소. 그것도 콜라텍을 다니면서요. 작가 선생은 이런 거 아시오? 여자를 다루는 방법을요."

"글쎄요. 난, 카바레사랑을 안 해봐서 잘 모르는데 방법이 어떤 것이 있는지 무척 궁금하고 벌써 흥분됩니다. 흐흐!"

일수는 헛기침을 큭큭 해대더니 자랑스럽게 지난번에 있었던 얘기를 꺼냈다.

"콜라텍에서 춤을 몇 곡 추고 유원지로 가서 점심을 먹었는데 점심값을 안 냅디다. 그래서 주유소가 보이기에 차에 기름을 넣었지요. 그런데 이번에도 여자가 기름값을 안 내주더군요. 그래서 가는 도중에 한적한 곳에서 차를 세웠지요. 여자가 묻기에 식당에 두고 온 물건이 있어서 찾아온다며 기다리게 하고는 그냥 와버렸지요. 그것도 차가 다니지 않는 한참 외진 곳에다 말입니다. 흐흐흐."

일수는 실실거리면서 자랑이라도 하듯 거침없이 털어놓자 옆에서 운동을 하던 남자가 끼어들었다.

"차가 안 다니는 외진 곳에다 여자를 내려놓으면 어떻게 시내로 나오라고? 거 좀 심해도 한참 심했수."

옆 사람이 우려의 질문을 하자 작가도 심하다는 듯이 옆 사람의 말을 받았다.

"그건 그렇네요. 그리고 여자가 화가 엄청났을 거고요."

일수는 '흐흐흐' 하고 웃음을 흘리고는 다시 얘기를 이어갔다.

"두 번씩이나 기회를 줬는데도 말입니다. 무도장을 출입할 정도면 그쯤은 알 법도 한데 모른 척하는 게 영 싸가지가 없더군요. 그래서 말로 해선 안 되겠다 싶어 주머니에서 뭘 찾는 척하면서 갔다 오겠다 했지요."

옆 남자가 다시 실실 웃어가면서 사건을 설명하듯이 말을 이어갔다.

"여자는 눈 빠지게 남자를 기다렸을 테고. 마냥 기다리다 안 오자 그제서야 속은 줄을 알았을 테고. 화가 치민 여자는 최후의 발악을 하면서 갖은 욕설을 다 퍼부었을 테고. 한참을 발광을 해 봤자 소용이 없음을 알았을 테고. 결국은 발이 붓도록 걸어 나와 택시를 탔을 테고. 안 봐도 비디오네. 흐흐흐!"

다시 한 남자가 질세라 끼어들었다.

"그러게요. 아무리 기다려도 오지 않자 결국은 택시가 다니는 곳까지 걸어 나오면서 고생을 엄청 했을 거네요. 또 약은 약대로 올랐겠지요. 히히히!"

일수에 의해 잡다한 얘기가 나오고, 그들 또한 나름대로 여자에 대한 추측의 말이 넘치자 다시 작가 선생이 끼어들었다.

"그게 좀 심하네. 그 버스도 다니지 않는 오지에다 그냥 내려놓고 안 나타났으니 말입니다. 흐흐!"

일수는 아무렇지도 않은 듯이 다시 얘기를 이어갔다.

"다음날 콜라텍으로 가니 그 여자가 나왔더군요. 내가 모른 체하니 여자도 고개를 돌리더군요. 여자가 돈도 안 쓰고 남자를 만난다니 될 법이나 합니까? 그래도 이건 약팝니다."

그가 더한 일도 많다면서 실실거리자 작가 선생이 그에게 한마디 했다.

"요즘 골빈 여자들 꽤 많은 것 같소. 흐흐."

"골빈 건 아니고요, 내가 춤 실력이 좋으니 손만 잡았다 하면 가는 게지요. 그리고 몇 번 만나다 귀찮다 싶으면 돈을 빌려 달라면 되고요. 반면 돈을 우려내는 방법도 있고요."

일수는 20대부터 나가 논 터라 춤에는 귀신이라고 알 만한 사람은 다 알고 있었는데, 정작 작가와 몇몇 남자만 모르고 있었다.

작가 선생은 그제야 수궁이 간다고 하자 다른 남자가 무척 구미가 당긴다며 끼어들었다.

"어디 그 얘기나 좀 자세히 들어봅시다."

"몇 번 만난 여자들은 돈 얘기가 나오면 연락을 끊거나 만나면 외면해버립니다. 그러나 좀 길게 만났다면 그 여자 보는 데서 딴 여자를 만나는 겁니다. 그러면 나중에 만나 항의를 해요. 그럴 때 심각하게 얘기를 해야 합니다. 실은 너무 급해서 그 여자에게 돈을 빌렸는데, 내가 받을 곳에서 돈이 안 와서 좀 기다려달라고 사정하느라."

"그러면 그 여자 마음이 풀어져요?"

"네, 잔뜩 화가 난 터라 빌린 돈이 얼마냐고 물어요. 그래서 액수를 얘기하면 돈을 마련해주면서 어서 갚고 다시는 그 여자를 만나지 말라지요. 히히!"

옆에서 끼어든 남자가 일수의 얘기에 감탄했다며 이죽거렸다.

"거참! 외진 곳에다 여자를 내려놓고 오지를 않나 참으로 프로페셔널 하네요."

"그렇긴 합니다만, 춤 실력으로 여자를 압도한다면, 앞으로는 일수 사장을 '제비'라고 불러야 하겠네. 흐흐흐. 멋진 제비인생의 비전을 위하여 우리 언제 한잔하러 갑시다."

작가는 웃음 반 농담 반으로 대거리를 하면서 이번에는 우려 섞인 말로 소름이 끼치는 끔찍한 얘기를 꺼냈다.

"일본의 한 기생이 사랑에 대한 집착이 강해서 술집 주인 남자의 남근을 잘라 몸속에 넣고 다니다 체포된 충격적인 실화 '아베 사다' 사건을 다룬 영화가 생각납니다."

일수와 주위 사람들은 다음 이야기를 듣기 위해 말없이 기다리고 있었다.

"주인을 사랑한 나머지 목 졸라 죽이고 그의 것을 잘라내어 갖고 다니면서 행복해하는 작부의, 섹스 도중에 남자의 목을 조르는 장면은 박진감을 느끼게 합니다. 아주 장엄한 에로티시즘의 극치라고나 할까요? 〈감각의 제국〉이란 일본영화가 갑자기 제 비님의 이야기를 듣다 보니까 생각나서. 흐흐."

1936년에 일어난 '아베사다(阿部定)사건'은 일본의 연애사 중 가장 '센세이셔널'한 실화 사건으로, 일본 열도를 충격으로 몰아넣은 영화였다. 당시 실제 정사장면으로 인해 큰 논란을 일으켰었다.

운동하다 모인 몇몇과 일수는 무슨 내용인지 호기심으로 작가의 다음 말을 기다렸다.

"정열의 집시 여인 '카르멘'과 순수한 청년 '돈 호세'와의 사랑과도 같이 예술이 되어버린 '포르노그래피' 같은 인생의 모순 속에서 말입니다. 결국은 관조자가 되어야 하는 현실이 안타깝고 한심하기도 하고요."

일수는 무슨 뜻인지 잘 모르겠다면서 고개를 갸우뚱하면서 대

수롭지 않다는 듯이 히쭉 웃고 말았지만, 작가는 매우 난처한 표정으로 실눈을 하고 다시 중얼거렸다.

"그 임대업 한다는 이 사장이란 사람의 여자 말예요. 오로지 남자와 영원히 합체하고 싶다는 간절한 집착 때문에 성기를 절단한, 그 주인공 '사다'와 비교가 되어서요. 제비님도 예외는 아니라서 과히 염려됩니다. 앞으로 조심해야겠어요. 잘릴지도 모르는 일이라서. 흐흐흐!"

이 사장과 제비를 빗대어 이야기하자 옆에서 듣고 있던 다른 회원도 염려스러운 눈으로 일수를 바라보면서 동조를 했다.

"나도 매우 오래전에 그 영화를 본 기억이 납니다. 일하는 여자가 걸레를 들고 옆에서 방구석을 닦는데도 태연스럽게 그 짓을 하고, 아무렇지도 않게 옆에서 청소를 하는, 참으로 알다가도 모를 게 일본의 성문화입니다. 그리고 우리나라라고 그런 끔찍한 사건이 생기지 말라는 법 있겠습니까? 그러니 이거 보통 심각한 일이 아니군요. 어휴! 생각만 해도 소름이 끼칩니다. 후후후."

그의 말이 끝나자 작가가 다시 입을 열었다.

"잘들 아시잖아요? 일본은 약 10만 개의 성씨를 가진 성(姓)이 제일 많은 나라란 거. 여자만 보면 아무 곳에서나 애를 만들어 태어나면 지형이나 장소로 짓잖아요. 산속에서 만들면(山本—やまもと), 산 아래는 야마시다(山下—やました), 대나무밭에서는 다케다(竹田—たけた), 산인지 들판에서인지 기억이 안 날 때는

(山野ーやまの). 흐흐."

일수가 킥킥거리자 작가가 다시 말을 이었다.

"소설『미야모토 무사시』에서도 나와요, 전국시대의 '막부'와 '메이지', '쇼와', '아키히토'로 내려오면서 혈투로 많은 사무라이 들이 사라졌고, '도요토미 히데요시'의 천하통일시대에 많은 남 자들이 죽었지요. 그래서 천황(天皇)이 여자가 외출할 때 담요 같은 걸 매고(기모노) 내의는 입지 말고 다니다가 남자를 만나면 조건 없이 애기를 만들라 명한 것인데, 일본 성문화를 들자면 단 연코 일본의 전통풍습인 '요바이(夜這いーよばい)'를 들 수 있지 요. 즉 남성이 밤중에 낯선 여인의 집에 무단 침입해 겁탈해도 용 인을 한다 하네요. 오히려 여자 측에서 반긴다고 하니 흐흐흐."

일본영화를 봤다는 남자가 다시 말을 이었다.

"일본의 성문화는 알만하네요. 우리나라의 요즘 남녀관계가 극치를 달리는 현상을요. 여자가 헤어지자 했다고 장모까지 죽 이고 내연남과 합세하여 남편을 살해하여 산에다 암매장하고. 또한 성폭행, 추행사건은 왜 또 그렇게 자주 일어나는지. '미 투(Me Too)'만 봐도 알 만해요. 사회 운동가인 '타라나 버크(Tarana Burk)'가 '마이스페이스'라는 소셜 네트워크에 2006년 캐츠프레 이즈로 시작, 소외 계층, 유색 인종에서 발생한 성추행, 성적 학 대를 다큐멘터리로 제작하면서 13살 소녀를 인터뷰하다 성추행 에 관한 이야기를 들을 때 '나도 그랬어(Me Too)'라 해야 한다는 데서 착안, 이슬람권도 '모스크 미투(Mosque Me too)로, 1년에 200만 명 이상 참가하는 가장 성스러운 하지(무함마드가 태어난 메카와 메디나 순례)'에서 빈번한 성추행이 일어났고, 한국은 2016년 '문화계 성추문 폭로'로 시작, 서지현, 임은정 현직검사와 최영미 시인의 폭로로 문화예술계에서부터 정치권으로 이어졌는데, 결국은 자살을 택한 연예인도 생겨났습니다."

옆에서 듣던 작가가 말을 했다.

"성추행을 폭로하는 여성들이 SNS에서 #ME TOO라는 해시태그를 사용하여, '우리가 어떻게 바뀌어야 하나(How I Will Change)'라는 문제제기가 있었지만, 여자의 폭로를 전부 진실로 볼 수 없다며 무죄판결을 때리기도 했잖습니까? 그러니 참으로 요지경 속 같은 노릇 아닙니까?"

이야기가 심각하게 돌아가자 작가는 조금 전에 하던 영화얘기를 다시 꺼냈다.

"그런데 그 영화에서는 남자의 장난감 같은 애인인 '아베 사다'가 오로지 사랑을 위해 영원히 합체하고 싶다며 애처롭게 호소하지만, 관객의 입장에서 보면 기괴하고 충격적일 수밖에요. 요즘 세태도 예외는 아니잖습니까? 그러니 세상은 항상 변수가 도사리는 터라 안심할 수도 없고요. 다만 그 장엄한 사랑도 위태롭게 타오르는 불꽃 같아서. 두 분이 각자 알아서 하겠지만, 그 거룩하게 피는 사랑도 결과적으로는 화무십일홍(花無十日紅)이 아니겠습니까?"

영화를 봤다는 남자가 작가의 말을 받았다.

"그러게요. 이 헬스장 안에도 그 장엄한 사랑이 위태로운 불꽃으로 타오르고 있으니 말입니다."

"요지경 속에서 피어나는 '요지경 인생(瑤池鏡 人生)' 같은 두 사람의 사랑을 위해서 축배를 들어야 하겠습니다. 하하하!"

그러자 남자가 다시 끼어들었다.

"우리 작가 선생 말대로 '요지경 인생'의 위태로운 사랑을 위해서 말입니다."

부처님 손바닥

가을!

가을바람이 선선하게 불어왔다. 나무에서 말라비틀어진 이파리가 팔랑개비처럼 파르르 돌면서 무수히 바닥으로 떨어졌다. 낙엽은 사방으로 흩어져 골목길을 휘저으며 활주했다. 낙엽도 무슨 암호가 있는지 사각사각 소리를 내면서 다들 모퉁이를 돌아 구석진 곳으로 몰려오며 조잘댔다. 그들을 휘몰아치던 바람이 소임을 다했다는 듯이 경사진 곳을 돌아 유유히 사라졌다. 그렇게 나대던 낙엽들은 얌전히 한 무리를 이루며 조용해졌다.

남자는 늦잠에서 깨어나 여자가 차려준 아침을 먹고 나서 소파에 앉았다. 휴일이라 TV를 켜놓고 그녀에게 발톱 좀 깎아라,

귓속도 좀 후비라면서 개으름을 피웠다. 그러자 여자는 그의 머리를 무릎에 올려놓고 이참에 손톱도 깎고 어깨도 주물러준다. 한참을 주무르다 겨드랑이에서부터 내려가며 간지럽히며 칭얼댔다.

"자갸! 요즘 술 넘 먹는당. 마나님 외로워 어케 살라구?"

그녀는 그의 가슴팍에서부터 애벌레 놀이를 한다. 자벌레가 기어가듯 손가락을 세워 끝으로 살살 간지럼을 피면서 가운데로 기어들어 간다. 그러면서 몸을 숙이자 그녀의 풍만한 가슴이 그의 얼굴에 닿는다. 그는 그녀의 가슴에 손을 넣고 어린애 젖 보채듯이 칭얼댔다.

여름내 무덥고 습했던 날씨가 가을로 접어들면서 쾌청해지기 시작했다. 그녀는 안절부절못하고 거실을 왔다 갔다 종횡무진하면서 무언가 골똘히 생각하고 있었다. 그는 그런 줄도 모르고 아침을 먹고 소파에 앉아 야구중계를 보았다. 특히 갈만한 곳이 없어 하루 종일 집에 있을 작정이었다.

오늘따라 일찍 화장을 마친 그녀는 그릇을 싱크대에 그냥 처박아 놓고 안방에 들어가 가방을 들고나왔다. 소파에 비스듬히 누워 야구중계에 빠진 그에게 단호한 어조로 동창모임에 갔다 오겠다 하였다.

"갔다가 언제 오는데? 식사는 어떻게 하라고?"

"냉장고에 있으니 알아서 찾아드세요. 하루 종일 집에서 뭘 했다고 회사에서 힘들게 일하고 온 남편한테 엄살이야? 물 가져와라, 나 피곤하니 팔베개해줘. 술이 떡이 돼 들어와 겨우 뭐 그냥 불 끄고 자자 아! 밥하고 빨래, 청소는 무슨 로봇이 하는 줄 알고. 그러니 마누라 귀한 거 알 턱이 있나? 어디 나 없이 한번 살아봐요. 겁 많은 당신이 며칠 연휴 동안 무척이나 재미있을 테니까. 호호."

그녀의 갑작스런 가출에 그는 어찌 손을 써볼 틈도 없이 졸지에 당하고 말았다. 그는 바로 현관문을 열고 나왔지만 승강기는 벌써 아래층을 향해 내려가고 있었다. 그는 그녀가 지난번에 하던 말이 떠올랐다. 히쭉 웃으며 중얼거린 그 말뜻에 대해 가름해봤다.

"남자가 50이 넘으면 옷에 착 달라붙는 젖은 낙엽과 같다 했는데, 무슨 놈의 낙엽은? 젠장!"

젖은 낙엽은 떼려 해도 잘 떨어지지 않는다며 기를 팍 죽였고, 여자 곁에 껌딱지같이 착 달라붙어 살아야 한다는 말이 환청으로 들려왔다. 전에는 여자가 자꾸 몸속으로 손을 뻗어왔는데, 요즘 들어서는 별반 흥미가 없는지? 사랑이 시들해졌는지 가까이 오는 것을 마다했다. 오히려 남자가 치근거리면 기겁을 하고 밀쳐냈다.

"왜 이래요? 더워죽겠는데. 저리 좀 떨어져요."

그가 나이 오십이 넘자 더욱 마누라 옆에 붙어있고 싶어 했다. 그래서인지 여자들이 남자들을 젖은 낙엽에 비유하는 것 같았다.

그녀가 떠난 집안은 정말 텅 빈 것 같았다. 그는 혼자서 갖은 추측을 다 하면서 시간을 죽이다 점심을 먹으려고 냉장고 문을 열었다. 그래도 그녀가 반찬 몇 가지는 만들어 놓았기에 다행이라 생각했다. 밥통의 밥을 공기에 담고, 곰국은 마이크로웨이브 오븐에서 데워 식탁에 놓고 먹기 시작했다. 그런데 갑자기 어디서 들은 얘기가 생각이 나서 곰국을 몇 술 뜨다 말고 머리가 떵해왔다. 여자가 집 나갈 때는 며칠 분을 끓여놓고 나간다고 했다. 정말 며칠간 안 돌아오려고 작정을 한 것 같아 갑자기 밥맛이 싹 가셨다. 배는 고픈데 걱정이 되니 불안하여 곰국이 넘어가지가 않았다. 그는 할 수 없이 중국집의 간자장면을 시켜 먹고 TV의 야구중계나 보면서 소파에서 뒹굴었다. 저녁이 되었다. 점심은 배달음식으로 때웠지만, 저녁은 어떻게 해결할 것인지 한동안 궁리를 하다 무작정 밖으로 나갔다. 식당들이 즐비한 먹자골목에는 많은 사람들이 오가고 있었다. 그는 식당으로 들어가 버섯전골로 저녁을 먹고 나와 집으로 가다가 멈춰 섰다. 모처럼 이 좋은 기회에 집으로 가기에는 시간이 아까웠다. 그래서 다시 가던 길을 되돌아 나오면서 어디로 갈까 생각을 했으나 마땅히 갈 곳이 떠오르지 않았다.

"아! 이럴 땐 술 한 잔 먹자고 불러줄 법도 한데 인간들이 다 어디로 사라졌는지 전화 한 통 없네!"

그는 갑자기 혼자라는 생각에 외롭고 허전했다.

"울 마눌은 도대체 어디서 뭘 할까? 지금쯤 수다를 떠느라 나 같은 건 기억에도 없을까? 아아 따분해라! 평소에 내가 인간들 관리를 어떻게 했기에 전화 한 통 없냐?"

그는 주먹으로 가슴을 몇 번 두드리고 스마트폰만 만지작거렸다. 갑자기 전화를 하려 하니 그 많은 사람 중에 누구를 불러내야 할지 막막했다. 그는 집으로 가기도 그래서 집사람에게 전화를 걸려다 다시 맘을 고쳐먹었다. 이대로 무너질 것인가! 아니면 끝까지 버텨야 하는지. 그래도 집사람이 집으로 걸어 들어오기 전까지는 절대 걸지 않으리라고 거듭 다짐을 하면서 이를 악물었다.

"내가 존심이 있지. 걍 집 나간 뇨자한테는 전화 안 한다. 안 해. 절대로."

그는 그렇다고 혼자서 술 마시자니 외톨이가 된 것 같아서 그마저 포기하고 힘없이 발길을 돌렸다. 한참을 정신없이 걷다 보니 집 앞이었다. 그는 걸음을 멈추고 한참을 골똘히 생각에 잠겼으나 무슨 뾰족한 수가 떠오르지 않았다. 이러지도 저러지도 못하고 서서 가로등 불빛에 생긴 그림자만 콩콩 밟았다. 그가 갈피를 못 잡고 제자리에서 우왕좌왕하는데 스마트폰이 울렸다. 갑자기 울리는 소리에 놀라 하마터면 폰을 바닥에 떨어트릴 뻔했다. 전화는 계속 울렸다. 가까스로 정신을 차려보니 모르는 번호가 떴다. 그는 이상하여 다시 보았으나 1번 백여시 번호가 아니었다. 아마 나를 놀리려고 친구 전화로 거는 것 같아 입가에 미소를 띠면서 중얼거렸다.

"그럼 그렇지. 무단가출까지 했는데 지까짓게 나 안 궁금하겠어!"

하면서 전화를 받는데 정말 여자목소리다. 그는 너무 반가운 터에 앞뒤 가릴 것도 없이 단박에 울먹이는 투로 물었다.

"아흐! 울 마눌님! 어디야? 언제 와?"

그러나 아무런 대답이 없었다. 그는 다시 다그쳤다.

"왜 어딘데 암 말 없는 거야? 전화를 걸었으면 말을 해야지 잉."

그런데 듣고 싶은 1번 백여시가 아닌 다른 여자의 목소리가 들려왔다.

"어머머! 전화 잘 못 걸었네. 미안, 쏘리!"

하면서 끊는다. 그는 기분이 확 잡쳐 전화에다 대고 화풀이를 했다.

"미친녀언 쏘리느은. 누구 염장을 질러!"

그는 너무 약이 올라 씩씩대며 집으로 들어가 현관문 꽝하고 닫았다. 찬바람이 확 하고 휩쓸려 거실로 들어왔다. 오늘따라 거실이 이렇게 텅 비어 허전할 수가 없었다.

"아! 쓸쓸하고 허전한 마음이 장난이 아니네!"

그는 TV에 정신을 쏟아보지만, 공허한 마음을 다스리기에는 역부족이었다. 하릴없이 미적거리며 갈등을 느꼈다. 정말 이 좋은 기회에 그것도 혼자인데 그냥 자자니 너무 아까운 생각이 들었다. 밤이슬 맞으러 나갈까 말까하고 망설였다.

"어차피 혼자인데 집 앞 골목 '길목호프'에 가서 맥주나 마시다 들어와야겠다. 가만있자. 어느 누굴 불러내지?"

그는 벗어놓은 옷을 다시 입고 그룹에서 친구번호를 선택하여 전화를 걸려하는데 그때 밖에서 인기척이 들렸다. 잠시 후 느닷없이 현관문의 자물쇠 번호 누르는 소리가 '띡 띡 띡' 하고 들렸다.

그는 소름이 확 끼쳐왔다. '이 밤중에 혹시 괴한이 문을 따고 들어오는 것이 아닌지?' 너무 놀라 거실 구석에 놓아 둔 야구 방망이를 들었다. 그리고 멀찌감치 현관문에서 떨어져 겁먹은 얼굴로 응시를 했다. 그런데 문을 열고 들이닥친 사람은 괴한이 아닌 집 나갔던 그녀였다. 천만 다행으로 안도하면서도 놀라움을 감출 수가 없었다. 그것도 며칠이 될지 기약 없이 집나갔던 여자가 갑자기 돌아왔으니 말이다. 그는 이내 마음을 가다듬고 속으로 쾌재를 불렀다. 먼저 전화를 안 하길 잘했다는 생각이 기쁨으로 전이되어 온통 머리에 가득 찼다. 그러나 이내 그런 감상에서 벗어나 위엄한 얼굴을 하고 그녀에게 비아냥거렸다.

"어우! 이게 누구야 아? 1번 백여시께서 어떻게 된 거지? 연락도 없이 갑자기 들이닥치고. 집 나가봐야 '부처님 손바닥'일 텐데 말이야!"

그러나 그녀도 만만치가 않았다. 잔뜩 독이 올라 비꼬는 그를 향해 기세등등하게 허리를 쫙 펴고 실실거렸다.

"이 댁의 바깥양반 외박이나 안 나갔는지 불심검문 나왔습니당."

"뭐 얏? 뭐 외 왜 바 악!"

처음에는 괴한이 들어오는 줄 알고 무척 겁을 먹었다가 나중에는 집 나갔던 마누라임을 알고 반가와 했는데, 들어오자마자 느닷없이 속을 확 뒤집어 놓았다. 반갑기는 엄청 반가웠는데 그게 아니었다. '전에 술집에서 외박 한 번 한 것 갖고 지금까지 물고 늘어지다니!' 생각할수록 화도 나고 기가 차 뭐라 할 말을 잃었다.

외박할 그 무렵에는 한참 일에 파묻혀 정신없이 보낼 때였다. 흐드러지게 핀 배꽃을 보며 봄기운에 젖기도 전이었다. 어느새 하얀 꽃잎이 눈송이처럼 날려서 그는 눈물을 찔끔거렸다. 야속하게도 인생의 아쉬움이 날리는 꽃잎 같아서 한숨 속에서 회한의 감정을 삭였다. 그는 나이를 생각하게 되면서부터 그 공허함이 마음속에 슬근슬근 쌓여갔다. 적적하고 따분한 마음을 달래려고 직장에서 슬슬 바람을 잡기도 했다.

"아! 술 고파라. 위스키. 빠이주. 사케. 오케이?"

각국 말이 한꺼번에 쏟아져 나왔다. 직원들이 그런 그의 마음을 모를 턱이 없었다.

"부장님! 오늘은 어디로 모실까요? 2차까지 가실 거면 지난번에 갔던 그 룸싸롱이 어떻겠어요?"

그의 부서에는 젊은 직원이 여러 명 있었다. 그래서 회식을 하면 종종 취하도록 마셨는데, 2차는 노래빠에 가서 도우미들과 질펀하게 놀았다. 술잔이 ktx처럼 스피드하게 돌면서 그는 마냥 취해갔다.

"내일은 내일일 뿐이다. 걱정은 다 붙들어 매자!"

그때쯤이다. 도우미의 보드라운 살결이 그의 정신을 흐려놓았다. 그의 마음은 동요되기 시작했다. 어떻게 집으로 돌아왔는지는 기억이 없었다. 오직 한 가닥 어렴풋이 떠오르는 것은 새벽에 들어와 깊이 잠든 그녀를 껴안다가 발로 채인 기억 밖에 없었다. 그것도 2차 나간 여자로 착각하고 저지른 것 같았다.

직원들과 회식자리에서 늦는다고 전화하면 너그럽게 허락했었다.

"알았어요. 그것도 한 때니 술 너무 마시지 말고 끼워줄 때 잘놀다 와요. 대신에 한밤중 자는 사람 깨우지 말구요."

그런데 아침에 난리가 났다. 와이셔츠에 묻은 이상한 자국을 보자 그녀의 안색이 무섭게 변해지면서 이어 심문이 시작되었다.

"어디서 언제 누구와 무엇을 왜 어떻게 했는지? 이실직고하서."

하면서 육하원칙에 의한 취조가 시작되었다. 그는 직원들과 노래방에서 놀다 옷깃이 스친 것뿐이라고 했다. 그래도 그녀는 집요하게 물고 늘어져 심지어는 시국선언까지 하는 지경에 이르렀다.

"좋아요. 이제 방목은 이것으로 끝이에요. 이 시간 이후부터는 기소유예(起訴猶豫)로, 특별 관리모드로 들어갈 테니 그리 아셔용. 이것도 한집에 살기에 유예처분인 걸 고맙게 여기고 자중하세용."

그녀의 심문이 있고서 관리대상이 되었다. 그래서 지금까지 자유롭지가 못했다. 그 일로 서로가 가끔은 갈등하는 양상을 보이기 시작했다. 그러더니 급기야 그녀가 가출이란 최후의 선택을 하고 말았다.

"직원 회식자리에서 있었던 일을 지금까지 우려먹는 사람이 어딨어?"

"직원 회식이면 기분 좋게 술이나 마실 일이지 2차는 왜 나가서 추하게 놀아용?"

그가 회사일로 좀 늦게 들어오면 못마땅하다는 듯이 구시렁거리기도 했다. 그래서 그는 늘 관리모드 상태로 자유롭지가 못했다. 일거수일투족이 그녀의 울타리 속에서 관리되었고, 방목의 끝자락에서 가출이라는 언도가 내려지는 엄중한 벌칙이 가해졌다.

"쑈하고 있네! 아주 감동적으로."

"울 신랑 혼자서 얼마나 쓸쓸할까 해서 서둘러 돌아왔건만, 아직도 외롭지 않은가 봐?"

닭살이 돋을 정도로 끔찍이 생각해주는 척하면서 한편으로는 협박조로 나왔다. 그가 별로 반응을 보이지 않자 그녀가 다시 가출하겠다고 으름장을 놓았다.

"밤에 무서움을 많이 타기에 걱정이 되어 도중에 왔건만, 이게 아니네!"

그는 또 무슨 날벼락이 떨어질까 봐 기세등등한 그녀 앞에서 기를 팍 죽이고 미적거렸다. 그녀가 다시 나갈 기미가 없자 그녀를 덥석 안아들고 침대로 직행했다. 그렇게 팍팍하던 기세는 어디로 가고 한 마리의 백여시가 살랑살랑 꼬리를 쳤다. 반가움이 다시 얄미운 마음으로 전이되는 바람에 팍 때려주고 싶어서 눈을 부릅떠보지만, 그녀의 살가운 애벌레 모드에 촉각이 곤두서고 말았다. 온종일 외로움에서 그만 이성을 잃고 매일 맞대던 살갗이 오늘밤에는 예사롭지 않게 따사롭고 보드랍게 느껴졌다. 긴 밤 힘든 줄 모르고 마님이라 부르며 평화의 늪에 빠져들었다.

연휴가 끝나고 회사로 출근을 한 그는 집 나갔던 마누라 생각에 골몰해있었다. 갑작스런 그녀의 그 돌발행위로 영 마음이 편치가 않았다. 언제 또 강경책을 쓸지 모르기 때문이었다. 하루 종일 일손이 잡히지 않자 갖은 궁리 끝에 기발한 묘수를 찾아냈다. 그는 직원들과의 회식자리에서 요즘 젊은 사람들의 부부싸움에 대한 대처방안을 물었지만, 별로 뾰족한 수가 없었는데 거래처 직원 중에 나이가 비슷한 간부가 있었다. 그와의 술자리에서 나온 집사람 길들이기 방법을 듣게 되었고, 본인도 그 방법을 써서 효과를 보았다고 했다.

그는 며칠 후 일요일인데도 거래처에 일이 있어 나가봐야 한다면서 집을 나섰고, 그녀는 혼자서 TV앞에서 연속극을 보느라 밥도 먹는 둥 마는 둥하면서 오후를 보내게 되었다. 남편은 밤늦게 들어온다고 했으니 그때까지 무료한 시간을 어떻게 죽일까 하며 소파에서 뒤척이는데 스마트폰에서 음악이 흘러나왔다. 음악이 거실 전체를 꽉 채우고도 남아 창문이 흔들릴 정도였다. 연속극에 한참 정신을 빼앗겼던 그녀는 화들짝 놀라 엉겁결에 손을 뻗어 단말기의 통화버튼을 터치했다.

"여보세요. 혹시…?"

그녀는 모르는 남자의 목소리에 흠칫했다. 분명 남편의 번호가 뜨는데 엉뚱한 남자의 목소리가 들려와서 상대방이 말을 다 마치기도 전에 다급하게 물었다.

"전화 거시는 분은 누구세요?"

그러자 남자는 좀 더 누그러진 음성으로 전화를 건 이유를 설명했다.

"여자분 것인지 남자분 것인지 택시에 탔던 두 분이 놓고 내린 스마트폰을 하나 주웠는데, 1번이 '백여시'로 되어있어서 혹시나 해서 이 번호로 걸어봤습니다."

분명 남편의 스마트폰임에는 틀림이 없었다. '그런데 여자라니! 어떤 여자와 함께 탔기에 스마트폰도 잘 건사하지 못하고 함께 내렸단 말인가?' 하는 생각에 다시 차근차근 이유를 캐물었다.

"그럼 그 스마트폰을 갖고 계신다고요?"

"네. 저는 개인택시기사인데요, 남자와 여자를 영동호텔에서 태우고 가다 일산호수공원 앞에 내려줬는데요, 뒷좌석에서 스마트폰을 발견했습니다. 그래서 찾아드리려 전화한 겁니다."

여자와 함께 그것도 호텔에서 탔다는 소리에 그녀의 혈압이 급상승했다.

"어머! 그 폰은 우리 그이 것이 맞는데요, 어떻게 해서 빠뜨렸을까? 혹시 함께 탔던 여자는 몇 살 쯤 되어 보이던가요?"

택시기사는 잘 만하면 하루 일당은 문제없을 거란 계산을 하면서 좀 더 자극적이었다.

"네. 한 30대 중반은 돼 보이던데요. 그리고 두 분의 만남이 꽤 오래되어 보였고요. 제가 이런 말을 해도 될는지는 모르겠네요. 사모님 가정의 평화를 위해서요. 흐흐흐!"

묘한 말과 음흉한 웃음을 흘리던 택시기사의 말에, 그녀의 얼굴이 실룩거리면서 경련이 일어났다. 이제 더 물을 것도 없었다. 불러서 자세히 물어보면 될 것 같았다. 그녀는 사례를 하겠다며 스마트폰을 갖고 오라하고 주차장으로 나갔다. 주차장에서 택시를 기다리는데 갖은 추측이 머릿속을 꽉꽉 채워가고 있었다. 얼마 안 되어 경비실 입구로 해서 택시 한 대가 주차장으로 들어왔다. 그녀는 택시가 어디서 오는지는 몰라도 매우 빨리 온다는 생각이 들었다. '혹시 아파트 근방에서 전화를? 어떻게 우리 집의 주소를 알 수 있었단 말인가? 말도 안 돼! 전화한 택시가 아닐 거야' 하는데 택시 유리문이 열리면서 기사가 손을 내밀어 스마트폰을 흔들었다. 그녀는 성질이 날 대로 난 얼굴로 기사에게 다가갔다.

"아저씨 어디서 오시는데 이리 빨리 오셔요?"

"네, 제 내비에 전화번호 넣으면 집 근처가 나와요."

그녀는 처음 듣는 일이지만 더 묻지 못하고 5만 원을 건네주고 스마트폰을 받아들었다. 택시기사는 꾸벅 절을 하고는 한마디 던졌다.

"사모님! 실은 저도 남자지만, 남자들 여자 앞이라면 정신을 못 차리거든요. 사장님이 그 여자와 다음 주에 또 만나자 하는 것 같던데요. 흐흐흐!"

여자에 대해 물어볼 틈도 안 주고 자기 말만 하고 히쭉 웃더니 이내 주차장을 빠져나갔다. 불난 집에 부채질이라도 하듯 약을 바짝 올려놓고 멀어져가는 택시를 보면서 그녀의 눈에는 핏발이 섰다. 택시가 안 보일 때까지 한참이나 증오의 눈빛으로 바라보다가 스마트폰을 손에 쥐고 집안으로 들어갔다.

"아 아! 이 인간이 출장을 간다더니 젊은 년과 놀아나!"

그녀의 두 눈에서 분노의 광채가 뿜어져 나왔다. 갑자기 입안에 침이 고였다. 그녀는 침을 꿀꺽하고 삼키면서 어찌할 바를 몰라 안절부절 못하고 '저녁에 들어오기만 해봐라. 해봐라' 하며 이를 앙다물고 소파에 앉았다 일어나기를 반복했다.

한동안 격했던 마음을 진정시키려고 커피를 마시면서 TV에 집중하려 했지만, 호텔방에서 둘만의 광경을 멋대로 그리면서 고개를 절레절레 흔들었다. 도무지 눈앞에 그들의 환상이 아른거려 마음을 진정시킬 수가 없었다. 남편의 스마트폰을 쥔 채 거실을 왔다갔다 소파에 앉았다 섰다를 수없이 반복하였다. 부드득 부드득 이를 갈아 붙이면서 그렇게 정신없이 설쳐대는데, 손아귀에서 흠뻑 땀에 젖어가던 스마트폰이 자지러지듯 울었다. 그녀는 눈을 치뜨면서 스마트폰을 주시했다. 모르는 번호가 뜨면서 한 남자의 다급한 목소리가 들려왔다.

"여보세요. 스마트폰을 잃어버려서 그러는데요, 혹시 그 스마트폰 어디서 습득하셨나요?"

남편의 목소리라 그녀는 다짜고짜 언성을 높였다.

"어디긴 어디야. 집에서 주웠지."

"어라! 어떻게 당신이 그 전활 받냐? 지금 집이라고?"

"그래. 집이 닷."

그는 시치미를 뚝 떼고 너무나 황당하다는 듯이 그녀에게 물었다.

"아니 내 폰을 어떻게 당신이 가지고 있어? 집에서 나올 때 분명 갖고 나왔고, 회사에서도 사용을 했는데….""

"정말로 나 참 웃겨서. 집에 있는데 폰이 택시를 타고 와 문을 열고 걸어 들어오더라. 그것도 향수냄새에 잔득 취해가지고 비틀거리면서 말이야."

"아니! 갸가 어떻게 혼자 집을 찾아가?"

그녀는 그에게 비아냥거리면서 야유를 퍼부었다. 그도 질세라 삐딱해져가는 그녀에게 어깃장을 놓고 있었다.

"못 믿겠음 집에 와서 확인하면 될 거 아냐."

그녀가 전화에다 대고 앙칼지게 소리를 질렀다. 그는 이쯤 해두면 모든 작전은 대성공했다고 히쭉 웃으며 전화를 끊었다. 전화가 끊긴 음이 뚜—뚜—뚜 들리자 그녀는 전화에다 대고 다시 소리쳤다.

"어쭈구리 이! 이 인간이 전화를 끊어! 그래 어디 들어오기만 해봐라."

그녀는 전화를 끊어버리는 남편이 들어오기만 하면 단번에 잡아먹을 기세로 분을 참지 못하고 시근덕거렸다.

한밤중이 되어서야 그가 돌아왔다. 그것도 아주 술에 떡이 되어 현관문을 두드렸다. 문을 열어주자 고주망태기가 된 자세로 눈을 게슴츠레 치뜨고 실실 눈웃음을 쳤다.

"어휴 술 냄새야! 얼마나 퍼마셨으면 번호도 못 누르고 문을 두드렸? 이제 웃기까지? 뭐 잘했다고 웃어? 이 인간이!"

그가 소파에 벌렁 누워버리자 그녀는 그를 향해 멱살을 잡으려고 달려들었다. 그런데 그렇게 취해서 비틀거리던 그가 손바닥으로 얼굴을 가리면서 고개를 돌렸다.

"아서요. 그러다가 서방님 눈 찌르겠당!"

"뭐어! 눈을 찔러? 어느 년한테 찔린 눈 나도 한 번 찔러보자구."

그녀는 그를 일으켜 세워 안방으로 잡아끌었다.

"왜 그래? 저녁에 뭘 잘 못 먹었나봐?"

"오마나. 엽태 어디서 누구랑 실컷 놀구와서 뭘 잘 못 먹어 어?"

그녀가 기가 차다며 밖에서의 일을 추궁했다. 그는 옷을 벗겠다며 정중하게 고개를 숙이면서 웃옷을 벗어 침대에 던지고 바지를 내렸다.

"이 아저씨가 뉘 안전이라고 함부로 바지까지 벗어?"

그녀는 도무지 말로 해서는 안 될 듯싶어서 그를 침대 위로 밀어버렸다. 그러자 그는 뒤로 자빠지면서 그녀를 붙들고 함께 침대에 나자빠졌다. 남편 배 위로 떨어진 그녀는 일어나려 안간힘을 쓰면서 앙탈을 부렸다.

"이거 놔. 어디 갔다 왔냐니까 징그럽게 붙들고 그래. 어서 이 손 놓지 못해욧!"

그가 그녀의 손을 놓고 나직하게 대답을 했다.

"내가 뭘 어쨌길래 이렇게 호들갑이야? 무슨 범죄자 취급을 하고….'"

"몰라서 물어욧? 그럼 범죄자를 취조심문 할 테니 사실대로 이실직고 해욧. 한 치도 거짓이 있으면 바로 구속이에요. 구속! 바른대로 말해봐욧! 낮에 호텔에서 어떤 년이랑 택시를 탔는지?"

그는 이제 슬슬 일 단계 계획대로 밀고 나갔다. 다그치는 그녀의 눈을 똑바로 보면서 어깃장을 놓았다.

"나는 이미 구속당하고 사는데 뭘 또 구속당할 일이 남았다고? 그렇게 자주 구속을 하면 쓰나?"

"호텔에서 어떤 젊은 년이랑 탔냐니까 동문서답을 해욧?"

그는 그제야 기죽어 겨우 하는 기어들어가는 목소리로 이름을 말했다.

"'지야' 하고 탔어."

"안 들려. 좀 더 크게 말해봐욧."

"지야라니깐."

"'지야'가 어떤 년인데 호텔에서 함께 나와 타?"

"아니 누구냐고 다그쳐서 사실대로 얘기해도 시비야? 시비

잇!"

"오마나아! 순진한 이 몸은 오직 낭군님 올 때만 학수고대하며 집지킴이로 사는데 뭐 시비이? 아주 매를 벌어."

"얼마나 시집 쪽에 관심이 없으면 조카도 잊었냐?"

그의 말에 그녀는 뒤통수를 한 대 얻어맞은 기분이었다. 택시 기사의 말만 듣고 너무 화가 치밀어 한창 혈압이 오른 터라, 앞 뒤를 분간 못하고 발끈 한 것이 그만 돌이킬 수 없는 궁지로 몰리게 되었다.

그녀는 잠시 정신을 가다듬고 생각해보니 '지야'라는 여자는 다름이 아닌 시집 쪽의 사촌이고, 그 사촌의 여동생이 호텔에서 결혼한다기에 며칠 전에 축의금을 남편한테 쥐어줬는데, 바로 오늘이라는 것을 깜박했었다.

그는 오늘 결혼식에 갔다가 예식이 끝나자 조카인 '지야'와 택시를 탔던 것이고, 조카의 집이 일산인데 마침 그 쪽에 거래처가 있어서 함께 갔었다. 원래 조카의 이름은 '김현지'인데 고향이 경상도라 현지를 늘 '지야'라고 불렀다.

그렇게 잡아 비틀 듯이 악다구니를 하던 그녀가 뒤늦게 알아차리고 잠잠해지자 그는 히쭉 웃으면서 따져 물었다.

"그렇게 도도하던 마나님께서 어쩐 일로 이렇게 수줍은 색시마냥 다소곳할까 아?"

기세당당했던 그녀는 강한 항의의 뜻이 담긴 나직한 그의 말에 그만 기가 팍 꺾였다. 당당했던 모습은 어디가고 잔뜩 움츠려 어찌할 바를 몰라 실룩거리면서 중얼거렸다.

"오마나 쪽팔려라…!"

그는 이 기회를 놓칠 리가 없었다. 그녀에게 일침을 가하기 위해 애써 태연한 척 자세를 가다듬고 중얼거렸다.

"그러기에 세상 모든 여자는 돌 보듯 해야 한다니까. 여자의 이런 의부증도 하나의 병이라던데…!"

그는 과거의 일로 다시는 그녀의 핍박을 받지 않겠다는 듯이 이참에 종지부를 찍으려고 했다. 너무 억울하다는 듯이 화장실에 들어가 대충 씻고 나와 침대에 벌렁 누웠다. 그리고는 눈을 지그시 감고 이내 잠든 시늉을 하면서 속으로 코웃음을 쳤다. '그래. 지금 아무 죄 없는 남편을 몰아친 죄로 후회 막심하겠지. 그래 쥐구멍이라도 있으면 들어가고 싶은 심정일거야, 아흐흐 통쾌해라!' 하면서 승리의 기쁨에 만취되어 갔다.

한참 동안 눈을 감고 있던 그는 술기운이 도는지 잠이 들었다. 잠든 남편을 조심스레 내려다보면서 그녀는 오늘같이 최악의 날은 없었다며 몸 둘 바를 몰라 쩔쩔 매었다. 좀 더 신중했어야 하는데 그만 질투심에 눈이 멀어서였다고 자신의 머리통을 쥐어박았다.

그는 하늘색 줄무늬의 팬티를 높게 텐트치고 코를 골며 잠이 들었다. 그런 그에게 애벌레 놀이는 아예 엄두도 못 내고 무릎을 끓고 양말을 벗기면서 후회 또 후회를 했다.

이튿날 아침 그녀는 얼큰하게 술국을 끓여 놓고 남편이 일어나기만을 기다렸다. 얼굴 보기도 조마조마하고 계면쩍어서 화장실을 들락날락 마음을 추스르다 안방으로 들어갔다. 마침 남편이 화장실에 있었다. 그녀는 문을 똑똑 두드리면서 '얼른 씻고 속옷 갈아입고 나와 식사하세요' 하면서 속옷을 문 앞에다 놓았다.

오후가 되면서 비가 내리기 시작했다. 비가 온다면서 남편이 일찍 퇴근을 했다.

"오마나! 오늘은 어쩐 일로 일찍 퇴근하시네여?"

"일찍 들어와도 시비야?"

"시비라니요? 당치도 않게. 너무 감격스러워서 그럽니다 아."

그러나 그는 갑자기 살갑게 구는 그녀가 별로 달갑지 않은 듯이 대꾸했다.

"거래처에 들렀다가 비가 오는 바람에 바로 왔어."

사무실을 들르지 않고 그냥 집으로 왔다는 말만 하고는 옷을 갈아입고 소파에 앉아 야구를 본다. 그녀는 그에게 다가가 살짝 기대면서 손가락으로 남편의 허벅지를 살살 기어가 애벌레 놀이를 하면서 나직이 속삭인다.

"나 오늘 당신 늦게 들어오는 줄 알고 저녁밥 안 했는데, 우리 중국요리 시켜먹으면 안 돼? 자갸!"

비가 내리는 날이라 몸도 지끈거리고 가슴도 울렁거리는데 남자라고 이불속이 그립지 않겠는가 하는 마음에 코맹맹이 소리로 다시 비벼댔다.

"앗! 비켜라. 지금 홈런 쳤다. 홈런! 그 방망이 쥑인다. 쥑여! 역시 4번 타자 방망이 휘두르는 폼은 일품이야!"

그가 갑자기 치는 바람에 그녀는 소파에서 바닥으로 나동댕이 쳐질 뻔했다. 몸을 추슬러 다시 소파에 올라 그의 허리를 껴안으며 귓속말로 앙탈을 부렸다.

"으응! 자갸. 나 좀 봐봐. 나 배고프단 말야."

"어이 왜 이래? 나 밥 먹고 들어왔단 말야."

그는 마누라가 밥을 먹었는지 안 먹었는지는 아랑곳하지 않고 오직 야구에만 정신이 팔려 있었다. 귀찮아하는 그의 곁을 파고들면서 다시 애벌레 놀이를 하면서 코맹맹이 소리로 '깐풍기 먹고 싶어라아' 하는데 야구에 미친 그가 다시 그녀를 내치면서 외친다.

"비켜라 비켜. 9회 말 역전이다. 역전! 그 방망이 한 번 멋져 부러!"

그녀는 그가 밀치는 바람에 바닥으로 내쳐졌다가 일어났다. 승리에 취해 홈런을 친 방망이를 예찬하는 그를 보는 순간 머릿속으로 번뜩 무언가 스쳐지나갔다. 그녀는 '그렇지!' 하고 이내 그의 앞으로 고꾸라지듯 넘어지면서 그의 가운데를 힘껏 잡고 요염한 소리를 냈다.

"오늘 저 선수가 휘두르는 방망이 보담 자갸 방망이가 더 일품인데두! 오늘 당신 배트 쥑인당. 아흐! 울 방망이를 위하여!"

이제 9회 말 야구는 끝이 났고, 갑작스레 마누라한테 당한 기선제압에 잡힌 방망이를 그는 어쩌지 못했다. 거듭 '쥑인당! 쥑인당'을 노래 부르듯 외치는 그녀에게 마냥 승리의 도취가 전부만은 아니었다. 그녀가 거칠게 숨을 몰아쉬면서 안겨오자 덩달아 그도 주체할 수 없는 원초적인 본능이 살아 꿈틀거렸다. 오래도록 파도타기를 하던 그가 파도에 휩쓸렸다. 파도는 계속 그를 밀어냈다. 그는 바닷가에 쓸려 나와 긴 숨을 내쉬었다. 이내 파도소리는 잠잠해지고 그를 먼 여행의 길로 인도했다.

스마트폰 사건이 있고나서부터 그녀는 남편에게 살갑게 대하면서 격했던 감정이 많이 수그러들었다. 그래서 평소처럼 애벌레 놀이로 일괄하면서 관리모드를 해제했다.

며칠 후 전에 남편의 폰을 갖다 준 택시기사한테서 전화가 왔다. 그녀는 이상한 생각이 들었지만, 기사 말만 듣고 조카를 오해하여 낭패를 본 터라 더는 듣고 싶지가 않다고 끊었다. 그러자 바로 또 전화가 왔다.

"사모님! 그게 아니고요. 지난번에 전화한 것은 남편이 시켜서 한 일입니다."

그녀는 전에 전화를 한 것은 남편이 시켜서 했다는 말에, 기사가 무슨 말을 하는지 도무지 감이 잡히지 않았다. 그녀는 그를 다시 주차장으로 오게 하여 전말을 들어야 했다. 그가 주차장에 주차를 하고 차문을 열고 나왔다. 그는 그녀에게 뜻밖의 얘기를 하였다.

"지난번의 스마트폰은 사장님이, 그러니까 그게 저어….."

택시 기사는 더 이상 말을 하려들지 않았다. 그제야 그녀는 돈을 요구하는 거를 알고 얼마를 원하는지 물었다.

"지난번에도 받은 일도 있고 해서 기름 값이나 주십시오."

그녀는 택시기사가 뭔가 쓸 만한 정보를 갖고 왔을 거란 계산을 하고는 먼저 할 말이 뭔지를 물었다.

"그럼 먼저 내용을 말해주세요. 우리 남편이 무슨 일을 시켰는지 듣고 나서 사례를 할게요."

"네, 사모님. 남편께서 호텔에서 택시를 타긴 탔습니다. 일산으로 가면서 집주소와 내용을 알려주더군요. 그래서 스마트폰을 받아 그 즉시 남편 앞에서 사모님한테 전화한 겁니다."

돈을 받아 챙긴 택시기사는 택시를 몰고 유유히 주차장을 빠져나갔다. 그녀는 분한 마음을 가라앉히려고 택시가 보이지 않을 때까지 서있었다. 한참 만에 제정신을 차린 그녀는 집으로 들어와 냉장고의 캔 맥주를 커내 마셨다. 술기운이 돌자 마음이 누그러졌다. 가만히 생각해보니 화를 낼 일이 아니었다. 오히려 역으로 그를 몰아붙일 심산이었다. 그녀는 갑자기 터져 나오는 웃음을 참지 못하고 말았다. 한참을 웃다가 콧노래까지 불러제꼈다.

다음날 아침에 출근을 하려고 문을 나서는 그에게, 그녀는 손가락을 V자로 치켜들고 보란 듯이 소리쳤다.

"뭐어? 핸드폰이 어쩌구 어째예? 이제부턴 다시 관리모드로 들어갈 테니 그리 아셔욧. 남자라는 속물들은 아무리 약은 체한들 여자의 손아귀에서 벗어나지 못 한다구. 뛰어봤자 '부처님 손바닥'인 것을. 호호호. 메 에 롱!"

갑자기 그녀가 고양이처럼 혓바닥을 날름대면서 빈정거렸다. 그는 빈정대는 말을 무시하고 대꾸도 하지 않고 밖으로 나왔다. 하지만 영 마음이 찜찜하여 핸들을 잡은 손에서 경련이 일었다. 차를 몰고 회사로 가는데 뭔가 잡히는 대가 있었다. 택시기사가 며칠 전에 자신을 찾아왔다. 마침 손님을 근처에 내려주고 가는 길이라며 들렀다 했다.

"사모님이 자꾸 스마트폰에 대해서 꼬치꼬치 물어보기에 모른다고 했습니다."

그래서 그는 입막음으로 점심값을 쥐어준 적이 있었는데 집사람에게까지 이중으로 손을 벌린 것이다.

"아뿔싸!"

그는 앞으로 또 벌어질 일들을 가름해보면서 손바닥으로 운전대를 탁탁 쳤다.

"어휴. 내 정신 좀 봐. 내가 왜 거기까지 생각을 못했을까!"

운전기사가 이쪽저쪽으로 농간을 부린 탓에 그는 오히려 덫에 걸리고 말았다.

"이제 또 어쩌지? 잘 나가다가 그 망할 기사 놈 때문에 다 된밥재 뿌리게 생겼으니! 마누라가 가만히 있지는 않을 텐데."

다시 방목에서 벗어나 관리모드로 구속되게 생겼으니, 잠깐 동안의 좋은 세상은 뜬구름처럼 흘러가버렸다. 그는 '이제 남은 거라고는 영광의 상처뿐이네!' 하면서 내내 그 모사꾼 같은 택시기사의 음흉한 웃음소리가 귓가를 맴돌아 머리가 지끈지끈 쑤셔왔다.

"역시 백여시한테는 내가 뛰어봤자 '부처님 손바닥' 안인 것을~!"

바람이 머물다 간 자리

여자의 문자를 받았다.

"버스에서 내리다 발목을 다쳐서 지금 병원이에요. 사진 찍고 깁스했습니다. 이번 심포지엄에 나갈 수 있기를 소망합니다"라는 짧은 문자였는데, 현재 삔 다리보다 심포지엄에 참석할 수 있을 지를 더 걱정하고 있었다. 남자는 바로 답을 보냈다.

"어쩌다가 깁스를 했다니 상태가 꽤 안 좋은가보네요?"

"…."

늘 남자에게 허점을 보이지 않으려하던 여자는 아무런 대답을 하지 않다가 며칠 후에 카톡을 보내왔다.

"주님께서 저에게 계속 벌을 주십니다. 이대로 계속 만날 수 있을지 모르겠어요."

주님이 벌을 준다기에 남자는 무슨 영문인지 카톡으로 물었다.

"지금 문자가 뭐에요?"

"죄송해요. 견딜 수 없도록 자신이 없음을 어찌해야 좋을지 몰라서 그래요."

"주님이 천벌을요?"

"선생님을 만나면 계속 아프고 다치고 하는 걸 보니까 주님이 벌을 주시는 것 같아서요. 만나서 말씀드려야 하는데 도무지 그럴 용기가 나지 않아서요."

"전에 파주의 카페에서 남편이 암에 걸려 10여 년을 다른 남자를 만났다고 했는데, 그때는 어떻게 했나요? 천벌을 받아도 수천 번은 더 받았겠네!"

여자는 아무런 대답을 하지 않았다.

"주님을 빙자하니까 말인데요, 주님이 '바리세인(Pharisee-人)' 들에게 뭐라고 한 줄 아세요?"

역시 여자는 아무런 말을 하지 않자 남자는 다시 말을 이었다.

"당신들 바리새인이여, 당신들의 잔과 접시의 겉은 깨끗하지만, 당신들 속에는 탐욕과 악이 가득합니다. 비합리적인 사람들이여! 라고 했잖아요. 나이 들면 판단력이 흐려지고 동작이 굼떠 잘 넘어져요. 그리고 본인 신체가 부실한 건 생각 안 하고 왜 주님 탓으로 돌려요?"

"그건 아니에요. 제가 너무 감당하기 힘들어서 그럽니다."

"그럼 전에 전화로 엉뚱하게 '알몸을, 거웃이' 하면서 침을 뱉거나 돌아서면 가만, 어쩌고 했을 때 무슨 의도로? 말 같은 소리를 해야지요. 꼭 바리세인처럼 음흉하게 그러지 마세요."

"실망하고 돌아설까봐 겁이 나서 그랬어요. 집에서 요리를 배우면서도 단 둘이 있을 때도 주저하게 되고요."

"월간 12월호에 발표한 단편, 나를 롤 모델로 삼아 쓴 '메밀 소바'를 보니 너무 유치해. 고작 그 정도밖에? '메밀 소바'가 아니고, 메밀국수(소바기리─蕎麦切り)의 준말인 소바(そば─蕎麦)로 해야지. '메밀 소바'라고 하면 '메밀 메밀국수'가 돼요."

"주식에 중독이 되어 꽤 오래도록 글을 쓰지 못했어요. 그래서 전에 '메밀 소바'에 대해서 쓴다고 했었는데….."

"요리실습 때 레시피(Recipe)보다 나에 대해 적어놔 물으니 '좋은 인연을 유지하려해요'라고 하여 다른 목적이 아니라 다행이라 생각했는데, 결국은 나를 이용하려 든 거네요?"

"신체가 부실해 수치스러워 자신이 없어서 그랬어요. 더구나 선생님을 만나면서 자꾸 다치고….."

"자신이 없으면 애초에 만나지를 말았어야지요. 이제와 감당하기 힘들어 자신이 없다는 걸 이유라고 해요? 이번 심포지엄에서 보게 되면 어떤 일이 벌어질지 나도 모르니까 알아서 해요."

남자의 최후통첩 같은 전화를 받고 나서 여자는, 좋은 인연이 여기까지로, 이젠 요리도 배울 수가 없다는 생각에 속이 울렁거리며 거위침이 고였다. 갑자기 소삽(疏澁)하여 빙충맞은 사람처럼 한참을 멍 때리다 정신을 차렸다. 결국 여자는 심포지엄에 나가지 않았다.

"참 오랜만이네요? 김선우 선생님!"

재작년 문학인산악회에 갔다가 남자를 처음 봤는데, 그 후 한국문학세계의 전주심포지엄에 참가하여 또 만나게 되었다. 일행이 조선왕조를 연 태조 이성계의 어진을 봉안한 경기전을 돌아 단체사진을 찍는데 바로 옆자리에 서게 되었다.

"그러게요. 이재숙 작가님이 그간 협회에 발걸음이 뜸하시더니만. 작품 쓰시느라?"

"집안에 일이 좀 생겨서 작품도 별로 못 쓰고 세월만 보냈네요."

"그렇군요. 앞으로 좋은 작품 쓰면 되겠네요?"

"네, 그렇게 해야죠. 선생님도. 지금 사시는 곳은요?"

"옛날 그대로 영등포구에 살아요. 이 작가는요?"

"어머! 저는 양천구 목동인데 매우 가까운 곳이네요. 서울 가면 연락할게요."

며칠 후 여자한테서 연락을 받고 남자는 버스를 타고 고척 근린공원으로 갔다. 여자가 먼저 와서 기다리고 있었다.

"그동안 잘 지내셨나요? 여기는 제가 자주 오는 도서관이라

근처에서 식사하기도 좋고, 또 교회에서 직영하는 카페의 찻값
도 저렴하고요."

"저도 가끔씩은 이곳 도서관을 이용하는 편이에요."

"어머! 그렇군요. 잘됐네요."

두 사람은 도서관 근처에서 만나 식사도 하고, 금옥여고 쪽으
로 걸어서 정랑고개를 넘어 양천구청 쪽으로 갔다. 남자는 건너
편을 자주 바라보며 혹시나 아는 사람의 눈에라도 띌까 봐 모자
의 창을 더 내려썼다. 여자의 집 근처에도 교회에서 운영하는 카
페가 있었다. 남자가 밥을 사면 여자는 교회의 카페에 가서 커피
를 샀다. 아메리카노를 마시는데 여자가 제의를 했다.

"저에게 요리를 몇 가지 가르쳐 주시면 안 될까요? 손주와 있
을 때가 많아서요."

"제가 요리를 좀 하는지 어떻게 알았어요?"

"전에 어느 작가한테 들었는데 특급호텔 '셰프' 출신이란 말을."

"소문도 빠르네. 어려운 건 없지만, '조리할 곳(Kitchen area)'
이 마땅치가 않아서 실습하기는 불편한 점이 많아요."

"저의 집으로 오시면 좋겠어요. 매주 목요일마다 남편이 산행
을 하러 멀리 떠나요. 그러니 목요일 오시면?"

몇 번 만나 집으로 불러 의외라는 생각이 들었다. 시인들이 창
립한 문학인산악회에 갔다가 총무가 소개했을 때, 여자는 시인
들만 있는 곳에서 소설가를 만났다며 무척 반가워했었다. 여자

의 청을 거부 못하고 카톡으로 재료 목록을 보냈다. 얼마 후에 여자가 카톡을 확인하고 전화를 했다.

"재료와 도구를 준비해놓을 테니 목요일 아침에 오시면 합니다."

남자는 목요일 버스를 타고 가 아파트의 동호수를 찾아 벨을 눌렀다. 여자가 문을 열고 반갑게 맞았다. 남자는 주위를 둘러보았다. 거실은 넓은데 아파트가 오래되어서 그런지 벽면이 어둡고 오랫동안 비워놓았던 집안처럼 음침스러웠다.

"이렇게 여자 혼자 있는 집에 불쑥 들어와도 괜찮은 건가요?"

"네, 목요일은 남편이 산에 가는 날이라 했잖아요. 어서 앉으세요."

여자는 식탁 의자를 꺼내 앉기를 권하고 커피를 내려 건네고 나서 재료를 꺼냈다. 남자는 완성된 요리를 플레이트에 담고 특별히 준비해왔다는 파란 액체를 가장자리에 뿌렸다. 그러자 접시주변으로 파란색이 빛을 받아 영롱하게 빛났다. 여자는 '어머! 멋지게 만들어졌네. 우리 손자 보여줘야지' 하며 인증 샷이라며 폰으로 찍고 와인을 내왔다.

"남편이 사다놓은 와인인데 마셔보세요. 선생님 입맛에는 괜찮을지 모르겠네요?"

반 정도 남은 와인 병을 식탁 위에 올려놓아 보니 '모스카토 다스티(Moscato D'-asti)'였다. 남자는 전에 자주 마신 와인이라며 와인에 대해 설명을 했다.

"모스카토 다스티(Moscato D'asti)는 이탈리아 아스티지역에서 모스카토 품종으로 만든 약발포성 와인이라 여성이 선호해요. 이탈리아 와인의 최고등급인 D.O.C.G치고는 가격이 그리 비싸지 않아 우리나라에서 많이 팔리는 와인 중 하나입니다."

"어머! 특급호텔 리어출신이라 와인에 대해 잘 아시네요."

"아 네. '소믈리에(Sommelier)'는 아니지만, 프랑스 샹파뉴지방에서 만든 발포성 와인을 다른 나라에서는 샴페인이란 명칭을 독점권 때문에 쓸 수 없어, 독일은 '젝트', 스페인은 '카바', 영어권은 '스파클링', 이탈리아는 '스푸만테'로 부르는데, 왜 '스푸만테'라 하지 않고 '프리잔테'라 하는지 아세요?"

"글쎄요. 와인에 대해서는."

"강한 발포성 와인에서 다시 '프리잔테(약 스파클링)'로 제조했기 때문인데, 일반 와인은 포도를 발효시킬 때 포도의 당분을 거의 소모하여 알코올로 변화시키는 반면, '모스카토 다스티'는 발효 중간에 온도를 낮춰 효모의 활동을 정지시킵니다. 그래야지 알코올로 변환되지 않고 당도가 높아져서 여성들이 마시기에 부드러워요."

"그런데 아까 요리에 뿌린 건 뭐에요? 향도 좋지만 파란 빛깔이 환상적이라서."

"네, '안초비(Anchovy)'라는 절인 멸치와 허브인 '바질'을 올리브 오일에 넣어 믹서에 갈아 만든 '바질 페스토(Basil Pesto)'라는 소스에요."

와인 제조과정을 얘기하면서 반병을 둘이서 다 비웠다. 여자가 빈 접시와 와인 잔을 싱크대에 옮겨놓고 '죽여주는 여자' 영화를 보러가자 하여 밖으로 나와 10여 분을 걸어 전철을 탔다. 영등포에서 내려 타임스퀘어의 CGV로 들어갔다. 남자가 여자의 손을 잡자 여자도 순순히 손을 내맡기고 영화를 보았다.

처음 영화를 보러가자 할 때 대뜸 여자가 성적으로 남자를 죽여주는 에로물인줄 알았다. 그러나 내용은 그 정반대여서 남자는 웃다가 말았다. 가끔 찾아왔던 노인이 노환으로 고통스러워 죽여 달라는데 연민을 느껴 최후의 방법을 택한다.

먹고 살기 위해 '종로 파고다 공원'의 박카스 아줌마인 65세 주인공 '소영(윤여정)'은 한 지붕아래서 트랜스 젠더 '티나'와 다리가 불편한 '도훈', 이태원 슈퍼에서 일하는 흑인 여자아이와 생활하면서, 만 원짜리 모텔에서 노인들에게 주사까지 놔주며 성매매를 했다. '제발 죽여줘, 살고 싶지 않아'라는 그들을 외면하는 가족 사이에서 소영은 천사적인 인정을 베푼다.

소영은 더 이상 고통을 참을 수 없다는 노인과 산에 올라 바위에 걸터앉는다. 어색하게 몇 마디 주고받다 노인이 고개를 끄덕이자 서슴없이 아래로 밀어버린다. 잠깐의 대화로 그동안 인연을 마무리하는 그 순간은 아찔했고, 그간의 쌓은 정이라 할 수는 없더라도 몸으로 상대한 관계가 청산되는 찰나였다. 그 후 소영은 한때 가끔 만났던 송 노인이 보이지 않아서 안부 차 찾아가 만났다. 그도 중풍으로 힘들다며 약을 먹게 되면 옆에 있어 달라 했다. 그래서 여관으로 따라가서 노인의 옆에 누웠다가 살인 누명을 쓴다. 무연고자인 소영은 교도소에서 쓸쓸하게 죽어 화장터로 보내지는데, 죽여주고 죽고 하는 것도 그녀가 택한 마지막 보루인 것 같아 허무함이 교차했다.

종로3가역 근처에서도 짙은 화장을 한 60대 여성이 몇 만원씩 벌이로 생계를 이어간다. 단속으로 벌금과 모텔에서 번 돈을 빼앗겨도 신고를 못하는, 종묘광장공원에서 20년 넘은 박카스 아줌마가 이제는 할머니가 돼간다는 뉴스가 떠올랐다.

두 사람은 영화관을 나와 술집으로 들어갔다.

"나는 첨에 '죽여주는 여자'를 보러가자 할 때 이상했어요. 무슨 만난 지도 얼마 되지도 않은데 야한영화를 보러가자 하는지."

"뭐가 이상하고 야하다는 거예요?"

"흐흐. 난 처음에 여자가 성적으로 죽여주는 줄 알고⋯."

"엉큼스럽게도 어이없네요! 선생님 우리 언제 외곽으로 드라이브해요."

남자는 사우전드 아일랜드 드레싱이 뿌려진 캐비지샐러드(Coleslaw)를 젓가락으로 뒤섞으며 대답을 했다.

"그럴까요. 난 어디가 좋을지 생각이. 혹시 가보고 싶은 데라도 있어요?"

"선생님이 좋은 곳으로 가주세요. 목요일 아침 차를 갖고 오세요."

남자는 목요일 아파트로 가서 함께 제3경인고속화도로를 경유 시화방조제를 지나 오이도로 갔다. 민어매운탕으로 점심을 먹고 시화나래휴게소에 들러 카페라테를 시켜들고 야외 벤치에 앉았다. 시원스럽게 펼쳐진 바다에서 바람이 불어왔다.

"선생님! 여긴 지나친 적은 있었지만 와 보기는 첨인데 참 잘 왔다 싶네요."

"그렇게 맘에 든다면 다행이네요. 지금은 가을이라 서늘한 게 딱이네요. 한여름에도 바닷바람이 불어와 더위를 식히기에도 괜찮아요."

"모든 스트레스가 다 날아가 버리는 것 같구요. 선생님 우리 자주 만나 좋은 곳으로 가서 맛있는 식사도 하고 좋은 친구로 지내요."

"글쎄요, 친구 좋지요. 그런데 이성 간에 친구가 될법한 일인 가요? 난 아무리 생각해봐도 자신이 없기도 하지만 친구하기는 더더욱 싫습니다."

친구하기 싫다는 말에 여자는 라테를 마시다 말고 멀리 바다로 시선을 두고 한참을 말이 없었다.

"친구하기 싫으시다면 어쩔 수 없겠네요. 자주 만나려면 연인

기념일이라도 정할 수밖에요. 그러면 크리스마스이브 날은 어떨까요?"

"지금이 구월인데 한참 남았잖아요. 자주 만나자면서 왜 그렇게 인터벌을 길게 잡나요?"

여자는 한참 골똘히 생각을 하다가 일리가 있다는 듯이 고개를 끄덕이고 나서 남은 라테를 마셨다.

"그럼 시월의 마지막 날이 어때요. 이용의 '잊혀진 계절'에 '시월의 마지막 밤'이라는 노랫말이 떠올라서요. 그날 소설작법 오전 강의가 있는데 선생님이 12시쯤 강의실 건물 주차장으로 오시면 해요."

남자는 그러겠다며 일어나 지화방조제를 지나 양천구청 여자의 집 근처로 갔다. 여자가 또 교회에서 운영하는 커피전문점으로 안내해서 녹차라테를 마시고 돌아갔다.

시월 마지막 날 아침 여자의 카톡을 받았다. '오늘 강의 끝나고 급한 일이 있어서 약속 지키기가 어렵겠는데요, 11월 초에 만나지요'라는 짤막한 문자만 보일 뿐이었다. 남자는 급한 일이라 해서 '일 잘 보고요'라고 답을 보냈다.

여자가 소설작법을 강의하게 된 것은, 처음 신아문화센터에서였다. 처음 유성태 작가가 문예창작을 강의하다 몇 군데 신문연재 때문에 그만두면서 이일섭 제자에게 3꼭지(3개 강의)를 맡겼다.

이일섭 작가는 강의를 하면서 여자를 신춘문예로 등단시키고, 제자인 조영선 작가에게 2꼭지(2개 강의)를, 여자에게는 1꼭지(1개 강의)를 주고 사이버문화센터로 자리를 옮겼다. 조영선의 강의 시간에는 수강생이 많은 반면, 여자의 시간에는 수강생이 줄어들어 결국은 폐강되고 말았다. 이일섭 작가는 여자를 불러와 소설작법 강의를 하게 하였다.

어느새 11월 초겨울의 스산한 바람이 스치자 가로수에 은행잎이 노랗게 물들기 시작했다. 목요일 아침 여자의 카톡을 받았는데, 파주의 헤이리 마을 프로방스로 가자했다. 남자는 차를 운전하여 여자의 집 근처로 갔다.

"거긴 말은 들었지만, 오늘 처음 가보는 겁니다."

여자는 대꾸 없이 웃음으로 답했다. 남자는 내비에다 '커서(Cursor)'로 '헤이리 마을'을 삽입하고 성산 대교에서 일산을 거쳐 파주 예술마을로 들어섰다. 수라상 한정식 집이 보여 들어가니 대부분 남녀 커플들이 식사를 하고 있었다. 점심을 먹고 카페에서 커피를 마시고 나와 마을을 지나는데 '숲속의 궁전'이란 무인 텔이 보였다. 남자가 길옆 공터에 차를 세웠다. 안전벨트를 풀고 파워 버튼을 누르자 핸들이 위로 올라가며 의자가 뒤로 밀려났다. 여자가 '어머! 외제차는 다르네' 하면서 딴전을 피웠다.

"네. 타고내릴 때 편리해요. 그건 그렇고 우리 저기 좀 들렀다 갈까요?"

여자는 속 깊이 숨을 내쉬며 그리움은 있으나 남루한 생각에 잠겼다. 남자를 받아들이는 것을 주저하면서도 마음의 여유를 부리기나 하듯 웃으며 고개를 끄덕였다. 남자가 차를 몰고 안으로 들어가자 열려있던 셔터가 자동으로 닫혔다. 대실을 누르고 투입구에 카드를 넣자 5만 원이 찍힌 종이와 함께 카드가 나오면서 바로 방문이 열렸다. 어둡지 않은 공간이 그림처럼 나타났다. 여자는 술래잡기할 때처럼 동그랗게 눈동자를 부풀렸다. 이리저리 사방을 둘러보며 켜켜이 쌓인 적막의 무게를 느꼈다. 여닫는 문소리가 심장부에까지 울려 십여 년 전 남자가 모텔 문을 따던 때를 느꼈다.

여자는 커튼의 벌어진 사이로 희부윰한 빛이 들어오자 커튼을 쳤다. 그리고 신체검사를 받는 병사처럼 경직된 채로 옷을 벗었다. 돌돌 말린 스타킹을 바닥에 떨구고 귀고리를 뺀 후 욕탕으로 들어가 씻고나왔다. 그런데 시간이 지날수록 남자의 체온을 느끼지 못 하고 경직되어 갔다.

돌아오는 길에 남자는 아무런 말없이 운전을 하였다. 여자를 집 근처에 내려주고 아무런 말도 없이 그냥 돌아갔다. 여자는 멀어져가는 차를 맥 놓고 바라보다 시야에서 벗어나자 집에 와서 카톡을 보냈다.

"오늘 정말 미안했어요. 저도 모르게 그만."

"괜찮아요? 너무 경직된 것 같아서요."

"그곳에 가 본 지가 오래되어 뭐가 뭔지 모르겠어요."

남자는 '가 본 지가 오래되어 뭐가 뭔지 모르겠다'는 말에 어이가 없어하면서 이번 일요일 문학인산악회에 꼭 나오라는 문자를 보냈다.

여자는 처음 만나 경직된 모습을 보였는데 곧바로 다시 만나려니 무척 난감했다. 남자는 그런 여자의 신체구조를 모르고 있었다. 각박함에 처한 여자가 약속을 미루는 데는 그만한 속사정이 있다는 것도 몰랐다. 여자는 다음날 문자를 보냈다.

"밤부터 몸살기가 있어서 지금 병원이에요. 그래서 이번 산행에는 못 가겠네요."

남자는 모처럼 함께 가기로 했는데 난감해했다.

"어쩌다 몸살까지? 난 내일 가려는데. 막상 혼자 산행하려니 걱정스럽네요. 그렇지만, 두 사람이 약속을 해놓고 다 안 가는 것도 그래요. 약 먹고 푹 좀 쉬세요. 갔다 와서 문자 할 게요."

"네. 병원 처방약 먹고 좀 쉬면 낫겠지요. 잘 갔다 오세요."

여자는 짧게 문자를 보냈다.

남자는 문학인산악회에 참가하여 시인 20여 명과 남산의 둘레 길에서 장충동 쪽의 '수표교(水標橋)' 옆을 지났다. K대 국문과 명예교수인 J시인이 설명을 하였다.

"여기 장충동 수표교는 종로구에서 서울시에 장충동의 원래 다리를 청계천으로 복원해달라는 청원을 한 상태입니다."

"네. 지금의 청계천 수표다리는 모방 목재교입니다."

다른 시인이 못 마땅하다는 듯이 거들자 J시인이 다시 말을 이었다.

"그러게요. 1441년(세종 23)에 개천의 범람 문제를 해결하기 위해 '수표(水標)'를 만들어 '마전교(馬廛橋)' 서쪽에 세워 청계천의 수위를 측정하였는데, 홍수에 대비한 수표가 세워지기 이전 '우마시전(牛馬市廛)'이 있어 마전교라 했습니다. 그 뒤 수표교로 바꾸고 일대를 수표동이라 했으며, 1959년 청계천 복개공사를 하면서 1965년 장충동으로 이전. 원래 위치가 아닌 수표교는 문화재 중의 석재가 아닌 목재로 모방하여 서울시와 갈등하고 있는 실정이지요."

마전교에 대해 얘기하면서 수표교로 해서 동국대 앞을 지나 '남산타워(N서울타워)'에 올랐다. 팔각정과 봉수대 주변에는 많은 관광객 말소리가 중국과 태국인 같았다. 창을 들고 보초를 서는 봉수군이 관광객의 요구로 같이 사진을 찍기도 했다.

일행은 팔각정 앞에서 단체 사진을 찍고 올라오던 길을 내려가 원조할머니 왕족발에서 회식 후 헤어졌다. 남자는 전철 안에서 카톡을 보냈으나 여자는 약을 먹고 잠들었는지 열어보지 않았다. 다음날 아침 전화를 받았다.

"약을 먹고 안정을 취해서 카톡이 온 줄도 모르고 잠들었어요. 남산 둘레길 산책은 잘 하셨고요?"

"네, 산 같지도 아닌 능선이라. 좋아졌다니 다행이네요."

"오늘 하루 정도 푹 쉬면 괜찮아지겠죠, 뭐. 그런데 거기 갔다 와서 한기를 느끼겠더라고요."

"별로 무리한 것도 아니었는데 무슨 문제라도 생긴 건가요?"

"그래도 저는 십여 년을 여자의 문을 닫고 살았거든요. 그날은 심적으로 육체적으로도 많이 힘들었어요. 남자들은 여자에 대해서 잘 몰라요."

여자는 다시 말을 이었다.

"오이도 갔다 온 후 남자를 만날 능력이나 있을지 여러모로 걱정이 되고. 그래서 그냥 친구로 지내려 했지만, 선생님은 이성 간에 친구가 가능하겠느냐 해서 난감했고요. 영화보고 술 마시던 날 묘한 감정에 사로잡히게 되었고요. 나래휴게소의 탁 트인 바다가 너무 좋아서 어디론가 마냥 가고 싶기도 했었는데. 막상 선생님을 만나고 보니 제가 여간 불편한 게 아니네요. 어떻게 말을 꺼내야할지 난감해서. 몸살기가 가시면 문자할게요."

여자는 남자를 만나 영화도 보고 술을 마시면서 남자에 대한 믿음이 커갔다. 그러나 갈수록 자신이 없어짐을 속 시원하게 털어놓을 수가 없었다. 수차례나 약속날짜를 어기다 카톡을 했다.

"남편은 일박이일로 산에 가고 난 혼자 있네요. 이게 사는 건지. 아직도 프린터를 못 고쳤어요. 메일로 원고 보냈으니 프린트 좀 해서 10시쯤 목동 현대백화점으로 오세요. 점심 살게요."

남자는 여자의 카톡을 받고 목동 현대백화점으로 가서 파킹을 하고 여자와 VIPs의 '샐러드 바(Salad Bar)'에서 점심을 먹었다. 여자가 산다고 했지만 남자는 여자 앞에 놓여있는 오더패드를 집어 식대를 지불하고 부천으로 차를 몰았다. 골목길을 들어서니 모텔간판이 보여 그곳으로 들어갔다. 차에서 내려 뒤따라오는 여자에게 물었다.

"오늘은 괜찮겠지요?"

여자가 말이 없자 남자가 짜증스럽게 물었다.

"자꾸 약속을 미루면서 지난번에 먼저 내게 한 말은 뭐에요? 왜 지금까지 만나면서 행복하였다고 하면서 이래요?"

"제 말을 안 믿으니까 그러죠. 여자가 나이를 먹으면 뱃살도 처지고 그래서 자신이 없어지고, 사실 만나는 게 겁나서 주저하게 되는데, 어떤 여자가 남자에게 자신의 치부를 과감하게 드러내 보이겠어요?"

"그건 자신 나이가 들어서 그렇다고 했잖아요. 그럼 남자를 받아들일 수 없다는 얘긴가요?"

"그건 아닌데, 그만 하세요. 제가 더 비참해지려 하네요."

여자는 더 이상 말이 없는 남자의 율동에 따라 한참을 흔들리다가 남자가 연체동물처럼 처질 때 비로소 의식이 든 듯했다. 돌아오는 길에 남자가 물었다.

"아까 무슨 생각을 그렇게 심각하게 해요? 아무 반응도 없고.

육체적으로 어떤 문제가 있어요?"

"전에 남편에 대해 잠깐 얘기했었잖아요. 40대에 남편이 암에 걸려 이씨(李氏) 성의 작가와 10년을 만나다 헤어졌어요. 그는 모텔에서 나오면 바로 술집으로 갔어요. 왜 나만 만나고 나면 술을 마시는지. 정을 떼려고 그랬는지 지금도 기연미연해요. 올 봄에 전화해서 나갔더니 10여 미터를 겨우 걸어오는데 무슨 맘으로 찾아왔는지? 그때 도망치지 말았어야 했는데 아직도 자신을 옭아매고 놓아주지 않네요. 몇 달 후 사망했다는 소식을 들었어요. 그래서 내 정신세계는 여자의 문을 닫고 지내다 손자가 태어나 지금에 이르렀어요. 너무 손자에게 집착하니 딸이 '남자를 사겨보라'고도 하더군요. 그간 너무 많은 시간이 흘러버렸고요⋯."

"그런데 기분 나쁘게 왜 10년이나 만났던 남자 얘기를 나한테 해요? 그리고 남편한테는 미안하지도 않아요? 나이 먹으면 뱃살 처지는 건 당연한데. 같은 문인이라 참는 거예요."

"사실 띠 동갑인 남편이 암수술을 하고서부터 각방을 썼어요. 그래서 과거를 얘기했어요. 물론 유쾌한 얘기가 아닌 건 맞아요. 그땐 젊은 때라 힘든 저를 이해했으면 해서고요. 그리고 사실 뱃살만이 문제가 아니에요⋯."

"왜 말을 하다가 말아요?"

"실은 거웃도. 선뜻 받아들이기가 미안했어요. 전에 전화로 선생님께 침을 뱉거나 돌아서면 가만 안 둔다고 했을 때, 그만나 자신에 대해 너무 화가 치밀다 보니 말실수를 했네요. 그 말은 너무 죄송해요. 자신의 치부를 드러내 보이기가 민망해서요."

"…."

"아무 말을 안 하는 걸 보니 실망했지요? 이 말은 죽어도 하기 싫었는데…."

"무슨 말을 그렇게 해요? 그때 얼마나 황당했는지 알아요? 다시는 안 만나고 싶었는데, 젊은 나이에 남편마저 병들었으니 오죽할까 하는 연민으로 많이 참았고요."

"손주와 놀다가 선생님을 만나 요리도 배우고, 드라이브도 하고 밥도 먹으니 너무 행복했어요."

"그래도 그건, 내 입장도 생각을 해야지요. 이건 나를 이용한 거밖에 더?"

"미안해요. 늘 혼자 놀다가 선생님을 만나니 즐거웠습니다. 이용했다는 말은 안 했으면 합니다. 유일한 낙은 손주와 노는 것이라 했는데 안 믿더군요."

"아무리 그래도 그렇지. 날 만나면 행복하다면서 지금 와서 이러면 날보고 어쩌라고? 그런데 왜 핑계 같지도 않은 핑계를 대는지 모르겠네!"

남자는 여자를 집 근처에다 내려주고 바로 집으로 갔다. 여자가 갈수록 거짓말을 하는 것 같았다. 이씨(李氏) 성의 작가는 신아문화센터에서 신춘문예로 등단을 시켜주고 한 과목을 물려준

이일섭이 분명했다. 여자의 과목이 폐강되자 그가 옮긴 문화센터로 불러들였기 때문에 그에 대해 알아보았다. 현재 왕성한 활동을 하고 신춘문예로 등단시킨 후배가 많아 여자편력이 상당했다는 것이다.

미 투(Me Too)에 걸린 시인처럼 당시의 문단 남녀관계는 상상을 초월했다. 그런데 '헤어지면 바로 술집으로 갔고, 사망했다'는 것은 여자가 자신을 은폐하려는 의도로 밖에 안 보였다. 그가 문화센터로 불러 강의 시간도 물려 준 것은 사실이었다.

남자는 화가 치밀면서도 젊은 나이에 남편마저 병들었으니 오죽할까 생각도 들었다. 남자는 목요일 아침에 다시 여자의 전화를 받았다.

"먼저 검진이 이상이 있다해 재검을 받았는데 이상이 없다네요. 그래서 연락을 못해 미안해요. 내일 목요일 집으로 와 '메밀소바' 좀 가르쳐주세요."

지난번의 언짢은 앙금이 남아 있는데 생뚱맞은 검진얘기라 달갑지가 않았다. 육체적으로 힘들다면서 남자와의 일을 털어놓는 것도 별로 유쾌하지 않았다. 이쯤에서 끝내야 할 것 같아 바쁘다는 핑계를 댔다.

그 후 두 번이나 여자의 간곡한 전화를 받았다. 목요일 아침이었다. 우유부단한 남자는 '이번이 마지막'이라고 다짐하며 버스를 타고 가서 전화를 했다.

"오늘은 이 작가 차로 갑시다. 앞으로 길을 익혀놔야 하니까."

여자가 주차장에서 차를 몰고 나왔다. 오래된 현대차로 지금은 단종된 차였다. 털털거리며 남자의 지시대로 운전하여 강서 농수산물 시장으로 갔다. 여자가 신호대기에서 급제동, 급출발까지 해서 남자는 문 위의 손잡이를 잡았다.

"운전을 거칠게 해서 겁나지요? 운전 한 지가 오래되어 감각이 무뎌서 그래요."

"이거 완전히 롤러코스터를 타는 기분입니다. 아무리 오랫동안 운전을 안 했다고 이렇게 거칠게 하면 어떡해요? 공중부양이라도 하는 날에는…."

농수산물 건물 앞에 파킹을 하고 2층 식품매장으로 올라갔다. 여자는 메모지의 품목을 보면서 와사비 분말, 기코망 간장, 메밀면 가스오부시 등 식재료를 챙겨 계산대에서 계산을 하고 집으로 돌아왔다. 남자는 남들의 눈을 피하기 위해 십여 분 뒤에 올라가 벨을 누르자 여자가 문을 열어줬다.

"남편은 오늘 도시락에다 과일과 술을 준비하여 차에 싣고 멀리 떠났네요. 오늘 같은 날이 요리를 배우기가 딱 이잖아요."

그러면서 부엌의 작은 창문을 조금 열어놓았다. 복도로 난 창문을 통해 옆집 할머니가 손주를 봐주러 올 때 지나치면서 힐끗 볼 때가 있고, 낯선 남자 목소리가 들린다고 지나치다 귀를 기울일 수도 있다며 슬쩍 웃었다. 남자를 집으로 초대한다는 것이 조금은 두렵다며 시장 봐 온 재료를 쏟아놓았다. 남자는 빠진 게 없는지 확인하며 여자에게 물었다.

"냄비 큰 거와 슈가도 갖고 오세요."

여자는 큰 냄비를 버너 위에 내려놓고 설탕이 든 봉지를 탁자 위에 내놓았다.

"황색 말고 화이트로 갖고 오세요."

"흰설탕은 없는데요."

"그럼 어쩌죠? 백설탕이라야 되거든요."

여자는 당황스럽다는 듯이 '그냥 이걸로 하면 안 돼요?'라고 하자 남자는 어이없다는 듯이 얼굴을 빤히 바라보다가 편의점 위치를 물었다.

"그럼 근방에 편의점이라도 있지 않나요?"

"있었는지 잘 모르겠어요."

여자가 일부러 모른다고 하는 것 같아 더 이상 묻지 않고 나갔다. 문이 닫히자 여자는 입을 삐죽거리고 '제대로 가르치려는 거지?' 하면서 남자를 기다렸다. 생각보다 빨리 벨소리가 들려서 눈을 크게 뜨고 문을 열었다.

"어머! 오래 걸릴 줄 알았는데 금방 사오시네요? 제가 사러갔었어야 하는데. 다음부터는 안 그럴게요. 히 히!"

"거 참! 이게 웃을 일이에요? 심부름을 독하게 시켜놓고. 생판 모르는 사람보고 사오라는 그 심술은? 일부러 그런 거 다 알아요. 조리기구도 어디 둔지도 모르고. 기본이 전혀 안 돼 있는데 살림은 하는 거예요?"

"호 호~ 다시는 안 그런다고 하잖아요. 뭐라 화를 내두 기분 은 짱이네요. ㅋ"

남자는 간장과 설탕을 넣어 끓여 모도간장을 만들고, 끓는 물 에 가스오부시를 넣어 육수를 내렸다.

"메밀국수는 우리나라가 원조인데요, 생선회는 2500여 년에 '논어(論語)'의 '향당편(鄕黨編)'에 나오는 '식불염정 회불염세(食 不厭精 膾不厭細)'로 밥은 흴수록 좋고, 회는 가늘수록 좋다는 ' 孔子(공자)'의 말이 있어서 중국이 원조라네요."

메밀 면을 삶아 잘 씻어 소쿠리에 얹었다. 여자는 메모지에다 만드는 법을 열심히 기록하다말고 화장실로 갔다. 남자는 만드 는 법을 제대로 적어놓았는지 노트를 펼쳤다.

남자의 쑥대처럼 무성히 자라는 말들이 재미있었다. 어차피 집에 가면 혼자 먹어야 하는 식사인 것을 의기투합해서 맛집도 다녔다. 남자가 안내하는 식당은 다 맛이 새롭고 특이했다. 어디 론가 내달아가는 개울물소리처럼 마음이 남자에게 쏠려갔다. 기 본적인 요리 몇 가지 가르쳐 달라고 했을 때 승낙을 해 준대 대 해 무척 고마웠다. 요리를 만들어 시식하고 남자와 집을 나왔다. 집 근처 교회에서 운영하는 카페로 갔다. 남자와 친해지려고 노력했다. 그와의 만남은 이미 각오는 한 터이지만, 때로는 숨길 수 없는 치부를 드러내야 하는 일 때문에 망설여져서 만남을 미루기도 했다.

지난 목요일에는 스테이크 만드는 법을 배웠다. 채끝을 사다가 셰프가 간 뒤에 바로 해보았다. 비슷하게 되었다. 다진 파슬리는 향이 강해서 면포에 담고 흐르는 물에 쪼물거려 향을 씻어냈다. 요리를 하고 있으면 온갖 근심과 막연한 불안이 사라졌다. 누군가 나를 주시하면서 옆에 있다는 것이 위로가 되고 행복했다. 삶의 의미를 되살렸다면 좀 과장일까. 무엇이든 배우는데 흥미가 있었는데 한참 외면하고 지냈다.

"저울 있어요?"

"없는데요."

"살림을 한 거예요?"

퉁명하게 묻는다.

"있긴 있는데 못 찾아요. 어디 둔줄 모르겠어요."

"저번에도 스테이크 만들 때 같은 말을 한 거 기억하세요?"

"그랬던가? 아 맞다!"

남편이 암수술을 받고 각방을 쓰고부터 살림을 포기했다. 남자의 비아냥거림이 좀 찜부럭해지지만 그냥 안면몰수하고 나갔다. 분위기가 깨져서 미안해하고 있는데, 다행히도 '무스카토 다스티'가 있었다. 오래전에 백화점 직원이었던 남편이 할인된 가격으로 사다놓은 달콤한 술이었다.

요리를 배우는 시간은 정말 행복했다. 열어놓은 창문 쪽에서 누군가가 힐끗 쳐다봐도 괜찮았다. 순수한 인간미가 흐르지만, 마냥 이대로 이어갈 수만은 없을 것 같아 언젠가는 그에게 미쳐 버릴지도 모르겠다는 생각이 들었다. 요리강습을 하는 것으로 마냥 즐거워 할 순 없을까? 더는 집으로 초대할 수가 없고 한계는 여기까지일까 생각하니, 혼란스럽고 머리가 복잡하고 마음마저 허공으로 뜨는 것 같았다. '메밀 소바'가 마지막이 아니기를 기대하였다. 그동안 자신에 대해 감당할 수 없었던 일들에서 남자를 만나는 일이 부담으로 다가왔다.

믿을 수 있는 남자지만 더 발전하는 게 자신 없음을 은연중에 내비쳐도 남자는 이해하지 못했다. 조력자가 될 수 있기를 희망하는 마음을 남자는 몰랐다. 지금 요리를 가르쳐 주니까 정성을 다하는 것만은 아니었다. 이미 가슴에 깊숙이 들어온 남자의 채취를 털어내기란 어려웠다. 그래서 약속은 지켜내려고 나는 안간힘을 쓰고 있다.

여자의 메모는 남자의 최후통첩과 같은 전화를 받기까지였다. 여자가 화장실에서 나오자 남자가 보던 노트를 제자리에 갖다놓고 물었다.

"'방법(Method)'보다 나에 대해 디테일하게 적어놓았는데 무엇을 하려고요?"

"네. 좋은 인연을 유지하려고요. 호 호!"

"그래도 그렇지. 일부러 노트를 펼쳐놓고. 아무리 생각해도 다른 목적이 있어서 그러는 것 같아서 여간 혼란스러운 게 아니네!"

그때그때 상황에 따라 타협하고, 규칙과 형식에 치중하여 본질을 위해하는 여자의 위선(僞善)이, 꼭 '바리새인'과 다를 바가 없다는 생각을 지울 수가 없었다. '좋은 인연을 유지하려 한다'는 능갈맞은 웃음에 미간을 찌푸린 남자는 역겹게 불었던, '바람이 머물다 간 자리'에서 벗어나기 위해서 자리에서 일어났다.

내 안의 너

펜션같이 하얀 전원주택 앞마당에서 이정숙은 낚시도구를 챙긴다. 며칠 전에 블루베리 농장 일을 하다 여중 때 서울로 전학을 간 친구의 전화를 받았다. 오늘 아침에 출발한다면서 다시 전화를 해서 반갑기는 이루 말할 수가 없었다. 한편으로는 전선희가 어떻게 내 전화번호를 알았는지? 또 그간 어떻게 지냈으며 어떤 모습일까 하는 여러 가지 생각이 머릿속을 꽉 매웠다.

정숙은 선희가 오면 같이 강에 나가 낚시를 하여 민물고기 매운탕을 끓이기로 했다. 어릴 때 함께 놀면서 먹어 본 매운탕이 먹고 싶다기에 그녀를 위해 낚시를 가려고 준비하는 중이다.

먼저 견지용 낚시를 준비해놓고, 4호 추를 낚시 바늘에서 5cm 높이에다 움직이지 않게 줄을 세 번 감는다. 그리고 종이에 하나씩 싸 고무 밴드로 묶어 낚시주머니에 집어넣었다. 거지반 준비를 마친 정숙은 잠시 손을 털고 나서 건너 큰길을 응시했다. 서울양양고속도로가 밀리지 않으면 지금쯤 양양인터체인지를 빠져나오올 시간이라 길까지 나갔다.

정숙이 큰길가로 나갈 즈음 선희는 남대천의 새로 난 사장교를 건너 우측으로 들어섰다. 남대천변을 끼고 올라가는 상류의 길은 강물의 특이한 물 냄새가 났다. 자동찻길 따라 풍겨오는 물 냄새를 맡은 선희는 핸들을 꺾으면서 코를 벌름거렸다. 옛날 어릴 때 멱 감으며 맡았던 바로 그 냄새였다. 선희는 한결 기분이 좋아지자 콧노래까지 불렀다.

한참을 올라가다보니 화이트하우스 펜션 같은 전체가 하얀 2층 집이 나타났다. 선희는 이내 집 쪽으로 핸들을 틀면서 속도를 줄였다. 정숙은 찻길까지 나와 천천히 다가오는 승용차를 향해 두 손을 쳐들어 마구 흔들었다. 차문을 열고 나오는 선희를 껴안고 팔딱팔딱 뛰었다.

"아이구야 이기 뉘기여? 시상에라! 이 지즈바야! 니 참 여태 기벨두 웂이?"

"그래. 참으로 반갑다 애. 우리 얼마만이니? 한 40여 년 만에 널 만나는 것 같아. 그런데 넌 어릴 때나 지금이나 여전하구나."

"그렇지 뭐. 나야 시골에서 살았으니 꼴이 매랜두 웂지만서두."

"애는 별소릴 다한다. 그게 아니고 어릴 때도 건강했었는데 지금도 여전히 건강미가 넘친단 말야."

"그렇게 보이니? 과수농장을 하다 보니 신관은 편타 뭐. 너두 대뜨번에 알아보겠더라. 하마 몇십 년이 지난대두 니는 애덜 때부터 피부가 고왔는데 상구두 여전히 고와! 건사를 잘해서 그렇겠지?"

"얘는 뭐. 너도 보기 좋아. 고향의 발전된 소식은 인터넷으로 알고는 있었지만, 이렇게 열심히 사는 줄은 몰랐어."

"니두 그렇지. 엽태 기별두 읍이 그래 여지까정 어티게 살았니? 중말 반갑다 얘. 조금만 지달려. 준비가 끝나는 대로 우리 미깡(미끼) 잡으러 가자."

함께 팔딱팔딱 뛰었던 정숙은 반갑다 못해 섭섭했다는 말을 마치고 고무장갑에 장화를 신었다. 그리고 족대와 노란주전자를 챙겨들고 선희를 데리고 인근 봇도랑 숲으로 갔다. 정숙은 선희를 둑 위에 세워놓고 거머리가 득실거리는 으스스한 수풀을 족대로 휘휘 저었다. 갑자기 가느다란 물뱀이 풀숲에서 나와 정숙을 향해 헤엄쳐왔다. 둑 위에서 내려다보고 있던 선희가 발을 동동 구르며 몸서리를 쳤다.

"정숙아 뱀이다. 뱀이야! 빨리 나와."

발을 동동 구르다 못해 팔딱팔딱 뛰는 선희를 보면서 정숙은 별일 아니라는 듯이 실실거렸다. 다시 족대를 수풀 속으로 휘저어가며 '옹고지(쌀미꾸리)'를 잡는 족족 미끼통에다 넣었다. 미끼통이라 해야 울퉁불퉁 찌그러진 노란주전자가 고작이었다. 그래도 미끼통은 주전자만 한 것이 없었다. 뚜껑을 꼭 닫아 물속에 담가두면 미끼가 달아날 걱정은 없었다. 꽉 낀 뚜껑은 손으로 열지 않고서는 절대 열리지 않았다.

정숙은 주위로 넘실대며 달려드는 거머리를 보자 이를 앙다물었다. 그리고는 족대로 떠서 손가락으로 훑어 둑 쪽으로 냅다 던졌다. 둑 위에서 내려다보고 있던 선희는 질겁하고 뒤돌아서 나살려라 도망갔다.

한참 후에 다시 돌아온 선희는 조심조심 정숙의 동향을 살폈다. 그런 그녀를 올려다보면서 정숙은 살살거렸다.

"선희야! 난 이 독도 없는 쬐끄만게 뱀이 저리가라 할 정도로 징그러워 닭살이 다 돋아. 자들이 을매나(얼마나) 영악스러운지 영깽이(여우)같애가지고. 장화를 신지 않고 맨발바닥으루 들어가 봐라. 대뜨번(대번)에 다리에 달게(달려)들어 피를 빠는데, 확 잡아 때면 이빨자국에서 피가 철철 흘러내려. 야들이 피를 빨 때 무는 곳을 마취시킨다나 뭐. 모기도 그렇다던데! 그래서 통증을 못 느끼구. 미깡 잡는데 정신이 팔려 그냥 피를 빨게 내버려 두는 거지 뭐."

"그런데 정숙이 너는 양양사투리가 여전하다 애."

"난 요게를 떠나 살아 본 적이 읎으니까 그렇지 뭐. 그리구 그머리(거머리)는 을매나 빡신지(억센지) 몰라. 그래서 비눗물을 풀어 뿌래주믄 대뜨번에 쎄싸리(혓바닥)가 빠져 죽어."

잡은 옹고지를 주전자에 넣은 정숙은 모질음을 썼던 선희를 데리고 집으로 왔다. 집에서 다시 준비해 논 낚시도구를 챙겨들고 남대천으로 나갔다.

정숙은 낚싯바늘에 팔딱거리는 옹고지를 끼워 바위틈으로 던져놓고 살살 들었다 놓았다 어르면서 꺽지를 낚았다. 대부분 '강도래(물잠자리 애벌레)'와 새우를 쓰지만, 더 좋은 것은 역시 옹고지였다.

정숙이 미끼를 끼울 때 놓치지 않기 위해 가슴에 매단 수건을 보고 선희가 우스워 죽겠다면서 배를 움켜쥐고 깔깔거렸다.

"애, 너 가슴팍에 매단 게 우리 국민(초등)학교 입학 때 매달던 그 콧수건 같애. 그때 하도 코를 닦아 번들번들했었잖아. 호호호!"

"그렇게 보이니? 니 말 들으니 증말루 그렇다 애. 옛날 생각하니 가슴팍이 다 여적지(여태껏) 아련해진다 야!"

"코를 너무 풀다보니 코밑이 헐어 아파서 혼났잖아!"

"그땐 왜 그렇게 코가 나왔는지 몰라? 우리 예시가(여자애)들 마캉(모두) 코밑에 터시래가 나서 징징거렸잖니."

"그래 정숙아. 그것도 누런 콧물이 시도 때도 없이 흘러내렸잖아. 여러 번 닦으니까 코밑이 헐어 엄청 애렸지(쓰라렸지). 호호호!"

"난 이거 안 매달믄 옹고지가 너무 미끄러 놓치기가 일쑨데.

미깡을 수건으로 잡고 낚싯바늘에 끼우면 미끄럽지가 않고 쉽게 끼워서 참 팬해. 이것두 내가 개발 한 거다 뭐. 그리고 니 말이 마자. 미끄덩거리는 게 수건에 묻어 마르면 증말 코풀어 말랐을 때처럼 밴들밴들해. 히히!"

정숙은 선희를 보면서 개면쩍다는 듯이 '히히' 소리를 내면서 웃었다.

양양의 남대천은 바다와 맞물린 하류를 통해서 은어와 연어, 황어 같은 어종들이 올라오는데 치어 때나 산란기에는 금어기로 낚시를 할 수가 없었다.

꺽지는 1~2m 깊이의 큰 돌이 있는 곳에서 잡히고, 그 밖의 토종 산메기, 산천어, 청어목 은어에서부터 피라미 버들치까지, 하류에는 잉어, 붕어, 메기, 장어, 황어로 어종이 다양했다.

옆에서 구경하는 선희는 연신 그물을 당겨 낚은 고기를 보며 신기해했다.

"정숙아! 너 낚시 잘한다. 벌써 많이도 잡았잖아. 오늘 네가 끓여주는 매운탕은 끝내주겠지?"

정숙은 낚시찌와 선희를 번갈아 보면서 속으로 중얼거렸다. '어릴 때 먹던 매운탕이 먹고 싶어 저러지 뭐' 하면서 그래도 싫지 않은 얼굴로 낚시에 여염이 없었다. 한참 동안 잡은 고기를 보면서 신기해하던 선희가 정숙을 바라보고는 고개를 저었다. 앞가슴에 매단 손수건만 보았지 옆구리는 신경 안 썼기 때문이었다.

낚시를 하는 도중 정숙은 자꾸만 바위틈에서 뭔가를 주웠다. 그리고는 옆구리에 찬 까만 비닐봉지에 넣는 것이 눈에 띄었다. 선희는 뭔가를 넣는 까만 비닐봉지가 의아한지 눈을 휘둥그레 뜨고 물었다.

"정숙아! 너 그 까만 봉지는 뭐니? 넘 웃긴다 애."

"응, 이거? 씨레기 봉다리야. 바우틈쎄나 강개에 밉쌀마쿠루(밉살스럽게) 베래진 담뱃갑, 미깡통, 빵 봉다리, 우유팩 등. 증말 씨레기가 개락(지천)이야. 그냥 처내꼰제나두믄(처 내버려두면) 매랜두 읎을 거야!"

정숙은 삼천리반도 금수강산을 접수라도 하는듯했다. 낚시광들이 여기저기 버린 쓰레기를 줍기 위해서 꼭 비닐봉지를 옆구리에 찬다는 거였다.

"구석빠지에 버려진 씨레기란 씨레기는 크다마한 봉다리에 마캉(모두) 주워다 버려야 강물이 깨끗해져. 연어, 황어, 송어가 올라오고 은어, 산천어가 사는 강을 우리가 건사를 잘해야지 않겠니?"

"넌 뭐 환경 파수꾼이라도 되니? 너 참 되게 웃긴다. 낚시하러 왔음 낚시나 할 것이지 무슨 쓰레기까지 줍냐? 군수님한테 얘기해서 상 좀 주라 해야겠다. 큭큭큭!"

선희는 아까 정숙의 앞가슴에 매단 수건을 보고 웃었는데, 이번에는 쓰레기를 담는 비닐봉지를 보고 웃었다.

남대천은 양양의 식수원으로 또한 천혜의 고장답게 유적지가 많고, 강이나 인근 바다에서 잡히는 어패류를 먹고 비브리오 균이나 패혈증에 중독된 사람이 아직은 없었다. 그래서 그녀는 청정지역을 오염시키는 쓰레기를 열심히 줍는다고 했다.

선희는 그런 친구가 대견스럽다는 듯이 엄지를 치켜세우면서 '따봉' 하고 외쳤다.

낚시꾼들은 4~10월까지 어성전과 미천골 계곡, 오색 등 상류에서 소형 스피닝릴을 장착한 루이 낚싯대나 민물용 낚싯대를 사용하고, 스피어나 스픈웜을 이용하여 다른 어종을 낚기도 했다. 낚시꾼들이 강줄기를 따라 올라가며 내려가며 온통 낚시에 쓰던 도구들을 마구 버렸다. 그래서 강줄기의 오염상태가 심각해 질 수밖에 없었는데, 양양군 환경관리과에서 낚시를 하는 군민에게 자원봉사 차원에서 클린시스템 일원으로 미션을 준 것이다. 대신 금어기가 아닌 때에 낚시를 할 수 있게 허가를 해주었다. 그래서 정숙은 자원봉사 일원이 되어 낚시 뿐만아니라 환경개선에도 일조하는 군민인 샘이었다.

"정숙아! 니 고향 사랑하는 마음은 남다르다 얘!"

"그르케 생각하니? 원래 고향 떠난 사람들 애행심(愛鄉心)이 더 큰 거 아니니?"

"당근이지 잉! 그렇지만, 마음만 있음 뭐하니? 너처럼 자원하여 청정지역을 가꾸는 사람이 진정한 애향민이지."

"그건 그래. 여긴 가을이면 연어가 올라와서 더 신경을 써야 하고, 또 산에서는 제일 품질이 좋은 송이가 나잖니."

특히 청정지역인 양양의 남대천에서는 '수산자원사업단 양양 연어사업소'를 가동하고 있는데, 가을에 회귀하는 연어를 포획하여 인공 부화한 치어를 다시 방류하였다.

연어치어는 '첨단 표지장치(coded wire tag)'를 삽입하여 해마다 남대천에 방류하여 경로, 활동반경, 연령, 성장 등에 대한 추적 자료로 활용하는데, 다시 회귀한 연어는 인공부화를 위해 알과 정액을 채취하고 고기는 식용으로 판매를 한다.

송이는 '지리적 표시(Geographical Indication)'란 특성에 기인한, 1992년 유럽연합(EU)이 EU규정을 제정하여 지리적 '표시 등록제'를 도입한 협약을 준수하고 있으며, 우리나라의 최고 상품으로 각광받고 있었다.

"선희야! 우리 낭중에 '양양연어사업소'에 한 번 안 가볼래?"

"그래. 대찬성이야!"

삼십여 마리 꺽지와 쏘가리, 메기까지 잡은 정숙은 강가에 앉아 한참 동안 고향얘기로 꽃을 피우다 집으로 돌아왔다. 정숙을 따라오면서도 선희는 친구가 대견하고 미더워 보인다며 정숙의 옆구리를 쿡쿡 찔렀다.

선희는 집으로 돌아오는 내내 정숙의 허리에서 달랑거리는 쓰레기 봉지를 보면서 자꾸만 우스워 죽겠다는 시늉을 했다.

집으로 온 정숙은 잡은 고기를 들고 선희와 수돗가에서 잡아온 고기를 손질했다.

"꺽지는 배떼기를 잘 쩨게서 창재기를 마캉 긁거내야 해. 미끼를 먹다 같이 삼켰는지 돌맹이가 창지 속에서 나와."

정숙은 고기의 배를 따 손끝으로 내장을 훑어 토막을 쳐놓았다. 그리고 대바구니를 들고 선희와 텃밭으로 갔다. 텃밭에는 대파며 각종 채소가 자라고 있었다. 그 중에서 몇 가지를 뜯어와 매운탕을 끓이기 시작했다.

둘은 수다스럽게 떠들면서 매운탕을 맛있게 먹고 정숙이 직접 따온 노란 참외를 후식으로 먹었다.

"정숙아 참외가 참 달달해서 꿀맛이야! 우리 먼저 '현산공원' 부터 둘러보고 조산으로 가자?"

"그러지 뭐. 우리 학교수업 때 많이 갔던 곳이잖아? 사생대회도 거기서 했고."

현산공원은 6·25전쟁 당시에 치열했던 전적을 비석으로 세워놓아, 당시의 양양군민의 아픔이 고스란히 고여 있는 곳이기도 했다.

정숙은 선희와 함께 출발했다. 한참을 달려서 사장교를 건너 군청청사 옆으로 오르는 현산공원의 주차장에 주차를 하였다. 둘은 차에서 내려 야트막한 언덕을 올라갔다. 공원 입구에 버티고 있는 천하대장군, 지하여장군 가운데 현산공원의 걸게 푯말이 수호신처럼 걸려있었다.

강원도는 강릉과 원주의 첫 글자를 땄었는데, 두 시가 격하되면서 한때는 도를 대표하기도 했던 양양에 국제공항이 들어서고, 속초시와 인제군, 강릉시에 둘러싸여 고산과 바다를 동시에 갖은 청정지역이었다.

양양은 중국 원나라 시대의 지형이 비슷하다 하여 지명이 유래되었으며, '현산'역시 같은 이유에서라 하였다.

정숙을 따라 올라가던 선희는 휴대폰 소리에 놀라 기겁을 하였다. 갑자기 현기증이 나서 쓰러질 정도로 정신이 혼미해졌다. 오르던 길을 멈추고 잠시 계단의 턱에 주저앉았다. 앞서가던 정숙이 앉아있는 선희를 향해 급히 다가왔다.

"선희야! 니 왜 기러니? 어디 아퍼서 기래?"

"응. 갑자기 옛날 생각에 현기증이 나면서 낯빤대기(낯짝)가 얼얼해!"

중3때 좋아한 한반 애를 만나려고 이 길을 오르다 기겁을 했었다. 그때는 아주 감수성이 예민하던 때였다. 남녀 공학이라 함께 앉아 수업하면서 서로 연애편지도 주고받으며 밖에서 몰래 만나기도 했었다.

그때는 정오만 되면 공원의 입구 벚나무에 매달아 논 스피커에서 어김없이 사이렌이 울렸다. 그날 누가 볼까봐 선희는 주위를 살피면서 막 입구에 다다랐는데, 갑자기 사이렌이 귀를 찢듯 울렸다. 그 바람에 선희는 기겁을 하고 넘어지면서 정신없이 나무를 부둥켜안았다. 한참 만에 나무에서 떨어져 서둘러 공원으로 올라가 그 애를 만날 수 있었다.

"호호호. 너도 양양사투리 안 잊어버렸네! 너 지금 걔 생각하는 거지? 최정수 만나러 여기 왔다가 사이렌소리에 놀라 혼났다고 했었잖아? 걔는 지금 조산에서 건어물상을 하고 있는데, 이참에 너 걔 만나 볼 생각 없냐?"

"그래. 맞아. 너 기억력 하난 알아줘야겠구나. 그래, 정수도 만날 수 있음 좋겠는데."

"그래. 나두 함께 가 줄게. 지집애! 니 우무룩한 거 알아줘야 해. 니가 몇 십 년 만에 온닥켔을 때 좀 이상타 했지. 정수는 동창회 때는 빠지지 않고 나온단다. 올 봄 동창회 때 한 번 네 안부 묻더라. 서울로 전학간 뒤엔 한 번도 연락을 주고받은 적이 없잖아. 그래서 모른다고 했지. 그랬더니 그 후로는 더 이상 안 묻더라. 꾀사리도 읎이 왜 니네 둘이서 얄궂은 소문이 났었잖니? 그래서 둘이 정학 받고 니는 부모님 따라 서울로 가버렸고."

선희는 사복차림으로 한반인 최정수를 만나 영화를 보고 나오다 교무주임한테 걸려 정학처분을 받았다. 그래서 선희는 휴학계를 내고 집에서 지내다 전학을 갔다.

선희 아버지는 6·25전쟁으로 창설된 육군 정보국 소속 '첩보대대(4863)'의 방첩대 대위로 주먹사단인 '익크부대'의 교관이기도 했는데, 가슴엔 항상 주먹이 그려진 마크를 달고 다녔다.

"니네 아버지 참 멋있는 군인장교였는데. 정수도 그때 무슨 태권도를 배운다고 '익크부대' 마크를 어디서 구했는지 가슴팍에 달고 다니면서 으스대곤 했지."

"너 그때부터 갸를 좋아했었지? 갸는 운동을 참 잘했어."

익크부대는 1953년 제주 모슬포 육군 제1훈련소에서 창설된 제29사단으로 '태권사단' 또는 '주먹사단' '익크부대'로 불렸는데, 당시 익크부대를 창설한 사단장이었던 '최홍희(崔泓熙-1918.11.9~2002.6.15)'는 함경북도 명천 출신으로, 장군시절 부대원들의 경례 구호도 '태권'으로 하였다. 처음 훈련을 태권도로 하면서 조선 학병을 중심으로 전국반일동맹조직을 도모하다 검거되었다. 그는 6년형을 선고받아 평양 형무소에서 복역 중 해방으로 풀려났다. 1945년 해방 후 영어군사학교(국군창설요원) 수료. 1946년 국방경비대 입대(육군 참위 임관), 대령 때 미 육군군사학교에서 초등, 고등군사반을 수료 후 6·25로 귀국하여 1954년 강원도에서 '오도관'을 창설했다. 1954년 경 일부군대를 '태권도'로 명칭하면서 1955년부터 3군관구 사령관, 1960년 제2훈련소장. 1961년 6군단장을 역임하고 1962년에 예편하였다.

그는 1958년 대한태권도협회를 창립, 대한체육회 가입절차를 밟다 4·19로 중단하고, 논산 육군훈련소장 때 박정희의 쿠

데타를 도와 성공했지만, 견제의 대상이 되어 말레이시아 대사로 갔다가 후에 '태수도'를 '태권도'로 개명, 1966년 3월 22일 국제태권도연맹을 창립 총재로 취임하고 1972년 3월 캐나다로 망명을 했다.

선희 아버지는 휴전이 되자 동해지역을 관할하는 36지구대에서 기밀 및 고급군사 정보를 수집, 간첩이나 북한군의 남파활동을 막는 임무를 수행할 때 동해안 초소 침투 간첩을 소탕하고, 일 계급 특진 서울 용산에 있는 국방부로 전근을 갔다. 그때 선희는 아버지를 따라 서울로 전학을 가게 되었다.

선희는 정숙과 옛이야기를 하면서 공원을 둘러봤다. 아치형 돌탑문 위의 곡괭이를 짚고 수건으로 땀을 닦는 군인동상 앞에 섰다.

"정숙아! 이 동상은 읍내사거리에 세워놨던 거 아니니?"

"그래 마저야. '행정수복기념탑', '충효탑', '필승탑', '3·1운동 기념비'랑 마캉 이곳으로 옮겨왔어."

전후 복구사업 기념탑은 6·25동란 당시 제1102야전공병단이, 1951년 6월부터 1954년 11월까지 양양지역에 주둔하면서 군청, 초등학교, 다리, 전후복구 사업과 지역 개발, 대민지원사업을 하였다.

1953년 10월 수복당시, 실의에 찬 양양군민에게 희망을 준 것을 기념하기 위해 군인동상 탑을 사거리에 건립, 1972년 7월 시가지 정비를 하면서 서쪽 제방으로 옮겨놨는데, 그 후에 예전의 목제다리를 헐어서 사장교를 놓고, 2008년 7월 차로를 확장하면서 현산공원으로 이전하게 되었다.

선희는 정숙과 국민(초등)학교 시절에는 자주 놀러가곤 했었는데, 몇 십 년 만에 와 보니 너무도 고향이 변해 있어서 놀라웠다.

광복과 더불어 국토가 분단됨으로써 38도선 이남인 현남면과 현북면, 서면의 남쪽 일부가 강릉군(현: 강릉시)에 속하였고, 이북인 강현면과 양양면, 현북면과 서면의 대부분이 공산치하에 들어갔다가, 1953년 7월 27일 휴전 협정 후 수복이 된 양양은 전쟁의 접전지역이었기 때문에, 수복당시에 폐허가 된 시가지를 공병단이 주둔하고 시가지를 정비했다.

"정숙아! 왜 양양사람들을 양양하와이라 했었는지 모르겠어. 혹시 너는 아니?"

선희는 옛날 생각을 하면서 정숙에게 물었다.

"응, 그거? 어릴 때 어른들이 하시는 말을 들었는데, 양양이 삼팔이북이잖니. 그래서 6·25때는 접전지역으로 양민이 많은 전쟁 피해를 봤대. 왜정 때는 마캉 일본 놈들 상대로 3·1운동도 활발했던 곳이라, 사람들이 이리저리 많이 시달려 강해진 거라 그래서 아마 그런 말이 나 돈 거지 뭐."

"그랬었구나. 니는 잘도 아는구나! 난 어릴 때 서울로 가서 고향에 대해서는 잘 몰라. 그런데 우리 여름에 호다리꽁(반딧불이)

을 잡으러 엉쿠렁 풀숲을 뒤지던 기억이 난다 얘."

"호호호! 우리 마캉 남대천에 나가 헤미(헤엄)치며 먹(미역) 감던 생각나니? 우리 지즈바(여자애)들이 얼마나 벨락시룹게 억쎄빠졌었니!"

"그럼. 낮에는 숨어보는 아새끼(남자애)들 때문에 애말러 죽겠어서 밤에 나가서 먹감구. 호호!"

양양은 조선 1397년(태조6) 부로 승격된데 이어 1413년(태종 13) 도호부가 되었으며, 1416년에 명칭이 바뀌고, 3·1운동이 가장 격렬했던 곳 중의 하나로, 일제의 무력 탄압을 피해 지하운동, 무저항주의로 대처하자 일제 군경은 '양양 사람들은 동지섣달에 발가벗겨놔도 30리를 뛴다'는 소문을 퍼뜨려 아직도 나쁜 이미지로 전해 내려오고 있었다.

"그래 그땐 우리 어렸었잖아? 꿈도 많았고. 난 정수를 왜 그렇게 좋아했었는지 지금도 잘 모르겠어."

"그래. 니 편지도 내가 몇 번 전해준 적이 있잖니. 그때 널 좋아한 남학생들이 한 둘이니 뭐? 앵간(여간)해야지! 그때 니가 갸들한테 얼마나 심하게 퉁수바리(면박)를 줬니?"

"그러게. 호호! 그중에서도 내가 왜 정수를 제일 좋아했었는지 모르겠어? 실은 오래전에 양양군청을 검색하다보니 군민 체육대횐가 하는데 정수의 이름이 있더라. 그래서 군청에 전화하여 정수가 건어물상을 한다는 것을 알았어. 그래서 이렇게 널 찾아오게 됐잖니."

"그랬나야? 정수 가게가 낙산사 주차장 옆에 있어. 난 니가 기벨두 읎다가 갑자기 내려온다케서 그냥 놀러오는 것 같지 않케 생각이 들기는 했어."

"정말 정수를 만날 수 있겠니? 난 정수 만나면 무슨 말부터 해야 할지 잘 모르겠어. 40여 년이 지났으니."

"정수도 니를 보면 엄청 놀랄 거야. 니가 전학가고 갸는 정학이 풀렸지만, 한동안 핵교엘 안 나왔어. 낭중에 들은 소린데, 누굴 찾으러 서울로 갔다 왔닥 카드라."

"그랬었니? 난 서울 가서 전학한 학교에서 적응하느라 애를 먹었는데, 가끔 정수 생각에 울다가 아빠한테 들켜 혼났었고. 내가 정수 생각한다는 거 아빠는 알고 있었거든."

"그럼 한 번 내려오지 그랬었냐?"

"아빠가 늘 감시를 했어. 하교가 조금만 늦어도 운전병을 시켜 학교로 보내 같이 오고…."

"그랬구나. 난 니가 서울 가고 그간 기벨두 읎구 해서 잊게 되더라."

"나는 국문과를 택하고 공부에 파묻히다 보니 차차 잊어지더라. 그런데 요즘 들어서 정수 생각이 부쩍 나더라."

"그랬드랬구나! 아무튼 몇 십 년 만의 만남이라 기대 된다 얘. 지금 생각해보니 혹시 정수가 널 만나러 서울 갔다 왔다는 생각이 안 드니?"

"글쎄다…."

"니가 서울로 전학가고 정학처분이 풀렸는데도 갸가 핵교를 안 나오고 서울로 갔다 왔으니 말야."

둘은 정수를 사이에 두고 지난날을 회상하였다. 선희는 오랜만에 만난 친구라 아련한 미련이 새록새록 한지에 먹물이 퍼지듯 적셔왔다. 여태 고향을 지키는 정숙의 옹골찬 마음을 되새김질하면서 어릴 때 뛰놀던 기억에 몰두했다.

초등학교 시절 봄 소풍은 '의상대사(625~702)'가 '문무왕(文武王)' 원년(661)에 당나라로 유학을 갔다 670년에 귀국하여 지었다는 낙산사로 갔다.

일학년서부터 육학년으로 이어져 차로 변을 걸어서 갔고, 중학교 국사시간에는 화일리에 있는 신라 '신문왕 9년(689년)'에 원효대사에 의해 창건된 '영혈사(靈穴寺)'로 가서 국사에 대해 배웠는데, 지금은 호국영령을 모시는 '호국사찰'로 널리 알려지면서 불자들의 발걸음이 잦아지고 있다하였다.

"그럼 정숙아! 우리 정수 만나고 나서 영혈사로 가보는 게 어떻겠니?"

"거기는 증말 음침해. 영혈사란 이름 탓인지 사찰치고는 좀 그래. 영혼이 우굴거리는 거 같애가지고."

"그럼 우리 거기 가지말까?"

"그래. 대신 여름방학이면 남대천 건너 해수욕하러 갔던 오산 바다로 가자?"

"그게 좋겠다. 얘."

"그런데, 지금은 거기가 많이 변했어. 신석기시대 유물이 대량으로 출토되어 학계에서도 관심이 많고 유물 전시관이 볼만해."

정숙과 단짝이었던 선희는 여름방학이면 남대천을 건너 오산 바다로 가서 놀다오곤 했던 곳이었다. 그런데 1977년 농지전용을 위해 모래를 채취하다 다량의 유물을 발견하게 되었는데, 지금은 한반도 최고의 신석기시대 유적지로 알려지게 되었다.

점토다짐의 '집자리'와 외노지로 추정되는 '적석유구' 및 '소할석(小割石)유구', 생소한 이름의 유물은 직접 보지 않고는 알 수가 없을 정도였다.

다른 지역에서 출토된 유물이 이곳에서도 발견되었는데, 서해안지역의 '뾰족밑빗살무늬토기'와 동북지방의 '납작밑토기', 남해안지역의 '덧무늬토기' 등의 토기류, '결합식 낚시바늘(結合式釣針)', '돌톱', '흑요석기' 이외 다양하다는 유물이 그랬다.

"그럼 더욱 좋겠다. 옛날 바닷가도 거닐어보고. 내가 널 찾아오길 너무 잘했다는 생각이 들어. 아무튼 고맙다. 정숙아!"

공원의 유적지 설치물을 둘러보면서 많은 얘기를 나누던 선희는 주차장으로 내려와 남대천 다리를 건너 조산으로 차를 몰았다.

"정숙아! 이 길이 몇 십 년 만이냐? 우리 봄 소풍 때 이 길을 걸어서 갔었잖니. 그때는 꽤 멀었었는데 지금 차로 가니 금방 가는 것 같아."

"그땐 어렸었지. 우린 마캉 단체로 쫄로리(나란히) 줄을 서서 군가를 부르면서 걸어갔잖니. 벤또(도시락)를 싸가지고. 학교에서 낙산사까지 약 십 오리(6km)였는데, 신작로라고 해야 찻길이 자갈밭이었고. 그땐 다니는 차도 그리 많지 않았지."

운전을 하던 선희가 갑자기 시인 김광섭의 노랫말에다 전국취주악연맹에서 작곡한 군가인 '통일행진곡'을 부르기 시작했다.

압박과 설움에서 해방된 민족
싸우고 싸워서 세운 이나라
공산 오랑캐의 침략을 받아
공산 오랑캐의 침략을 받아
자유의 인민들 피를 흘린다
(후렴)
동포여 일어나자 나라를 위해 손잡고
백두산에 태극기 날리자

"호호호. 넌 아직두 '통일 행진곡'을 기억하네! 그땐 동요를 안

부르고 왜 군가만 불렀는지 모르겠어."

"그러게. 수복되고 나서 학교도 변변찮아서 야외수업도 많이 했잖니. 음악시간이래봐야 풍금 한 대로 선생님이 부르면 따라하고. 그땐 군인들이 길거리 행진하면서 부르는 군가를 우리가 따라 부르곤 했으니. 안 그렇겠니?"

"그래 맞아. 군가를 들으니 지금의 세태에서 격세지감이 들어."

"글쎄. 분단의 아픔 속에서 많은 세월이 흘렀건만, 요즘 '북핵 폐기'와 '종전협정'이 문젠데. 1974년 3월 최고인민회의 이후 평화협정 제안이 주한미군 철수를 위함이었대. 종전 후 '전쟁이 끝났으니 주한미군은 본국으로 돌아가라' 하면, 또 핵고도화로 '핏 (pit)'이라는 핵심이 자몽만한데 히로시마 원폭의 1,000배나 된단다. 그러니 ICBM(대륙간 탄도탄)에 실어 날려버리면 지구도 박살낼 수도 있겠어. 그래서 나는 김정은이 핵을 몽땅 폐기할까 하는 의구심이 들고 또한 종전도 위험하다고 생각해. 그런데 여기 낙산해수욕장 주변에 큰 건물들이 많이 들어서 몰라보게 변해있네!"

"그래. 콘도와 연회를 할 수 있는 건물들이 밀집해 이곳에서 결혼식도, 피서철엔 관광객이 많아."

둘은 낙산주차장에 차를 대고 건어물상이 밀집해있는 상가 쪽으로 걸었다.

"요 모탱이를 돌아 질깡(길)으로 나와 쬐끔만 걸으믄 정수네 건어물상가야."

길가로 늘어선 상점엔 마른 오징어며 쥐포, 명태 생선의 특이한 냄새가 풍겨왔다.

정숙은 많은 상가가 들어선 곳을 한참이나 지나 '낙산 건어물상회'라는 가게 앞에 서서 따라오는 선희를 뒤돌아다 봤다.

"선희야. 여기야 이 집."

정숙은 선희의 손을 잡고 안으로 들어가니 젊은 여자가 자리에서 일어나 반겼다.

"어서 오세요. 어, 이모! 오랜만에 오셨어요."

정수 딸 은영이는 아빠 여자동창들을 만나면 언제나 이모라고 불렀다.

"아빠는 어디가시고 니가 혼자서 가겔 보니? 엄마두?"

"아빠가 많이 아파서 병원으로 갔어요. 엄마와 함께요."

"갑자기 어디가 아파서?"

"작년에 갑자기 쓰러지셔서 서울의 큰 병원으로 실려가 암진단을 받고 집에 내려와 치료를 했는데, 또 갑자기 쓰러지셔서…."

말을 잇지 못하고 울먹이면서 몇 마디 하는가 싶더니 이네 울음을 터뜨렸다.

"울지 마. 은영아! 괜찮을거야. 그래서 너 혼자 가게를 보는구나?"

정숙은 은영이를 달래면서도 난감한 기분에 그만 마음이 울컥했다. 봄에 동창회 때 몸이 몹시 야위어 핏기가 없어보였다. 그래서 물어 본 적이 있었다.

"최 사장! 니 요새 너무 무리하는 거 아니니? 밥도 못 얻어먹은 사람같이 핏기가 하나두 없어 보여?"

"그렇지 뭐. 지난 밤 과음해서 그럴 거야!"

정숙은 최 사장이 암인 줄 모르고 술을 너무 좋아해서 몸까지 상하도록 마시는 줄 알았다.

정숙은 은영이를 달래주고는 퇴원하면 알려 달라 하고 선희와 가게를 나왔다. 옆에서 지켜보면서 아무 말을 못 하던 선희가 정숙을 따라 나오다 갑자기 휘청거렸다. 현기증을 느끼듯이 이마를 손으로 짚으면서 길가 턱에 주저앉았다.

"선희야! 니 괜찮아? 니 충격이 큰가보구나? 어쩌믄 조타야?"

선희를 내려다보던 정숙이 선희를 끌어 일으키면서 안쓰러워했다.

"선희야. 일단 차로 가자. 니 어뜨케 해? 나는 니가 이렇게 맘 아파 할 줄은, 저왕(경황)이 한나두 읎어."

"정숙아. 어쩌면 이렇게 가슴이 아파오니? 나 이런 기분 처음이야! 정수만큼은 건강할 줄 알았는데. 갸가 학생 때 축구선수로도 대표선수로도 나갔었잖니? 그렇게 건강했던 애가 암이라니? 도무지 믿겨지지가 않아."

"그래. 선희야! 나도 여적지(여태껏) 이 지갱인지는 몰랐어. 봄 동창회 때 얼굴이 매랜(형편)두 없었어. 그땐 술을 많이 마셔서 피곤해선 줄만 알았지 암에 걸린 줄 몰랐어."

정숙은 선희 어깨를 잡아 흔들면서 어찌할 바를 몰라 오열하는 선희를 부둥켜안았다. 하늘 한 번 쳐다보고 땅을 한 번 내려다보면서 고개를 절레절레 흔들었다.

"선희야 너 많이 놀랬구나! 그치? 이 일을 어트카믄 좋으냐? 내가 해필 괜히 오자하고 지산 없이 떠들어 니를 힘들게 했거구."

"아냐. 정숙아! 내가 오자 했잖아? 왜 니가 미안해해야 해? 넌 아무 잘못 없어."

선희는 그렇게 말을 하면서도 주차장까지 오면서 계속 울음을 그치지 못했다. 선희는 차에 오르자 정숙의 손을 꼭 잡고 여태 하지 못했던 심경을 털어놨다.

"정숙아. 실은 나 지난 달 남편 '사십구제'를 지냈어. 혼자가 되니 막막하더라. 그래서 이제부터 나만의 시간을 갖고 버텨보려고 긴 여행을 계획하게 되었어. 그동안 생각만 해오던 오래된 친구도 만나고. 이참에 너를 만나러 오면서 정수도 한 번 만나보려 했어. 만나면 꼭 해줄 말이 있었는데…."

"남편도 떠나보내고 이렇게 왔는데, 정수한테 해줄 말이 뭔지 말해줄래?"

"〈내 안의 너〉라고 꼭 말해주고 싶었는데…."

"너무 가슴 아픈 말이네! 그런데 남편은 왜 그랬니?"

암이지 뭐. 그렇게 건강을 자신하던 남편이었었는데, 정치에 발을 들여놓고서부터 스트레스를 많이 받아서 그랬는지 자꾸만 말라가더라. 전서부터 자꾸 소화가 안 된다면서 소화제를 먹고. 그래서 종합검진을 받고 위암 말기임을 알게 되었고. 수술을 했지만, 워낙 병세가 커서 1년 만에 떠나보냈어. 사실 말기만 아니었으면 서울생활 접고 청정지역인 이곳으로 내려왔을거야."

"선희야! 너 아직도 많이 가슴이 아픈가 보네. 이걸 어쩌지? 친구가 해줄 건 이 말 밖에 없구나. 어쩜 우린 이렇게 닮았냐? 나두 남편 사별하고 혼자 산 지가 좀 됐어. 나도 아직도 앙금이 남아 있는 가봐. 너를 보니 내 마음도 아파온다 야."

"넌 또 왜 어쩌다가?"

"교통사고로. 이게 다 팔자지 뭐…."

선희는 말을 잇지 못하는 정숙을 부둥켜안았다. 그리고 같은 말로 위로했다.

"그래. 어쩜 우린 이렇게 닮았냐? 어서 네 차로 가자."

정숙과 함께 온 선희는 차에 오르자 시동을 걸었다. 카 라디오에서 비틀즈의 '렛잇비(Let It Be)' 음악이 흘러나왔다. 해체 위기를 맞아 고민하던 비틀즈 멤버인 '폴 매카트니'에게 어머니 '메리 매카트니'가 꿈에서 '내버려둬/순리에 맡겨라(Let it be)' 하여 쓴 폴 매카트니의 곡인 '렛잇비(Let It Be)'였다.

When I find myself in times of trouble―내 자신이 너무
힘들어질 때
Mother Mary comes to me―어머니가 내게로 와서
Speaking words of wisdom―지혜로운 충고를 하죠.
Let it be―그냥 내버려 두어요.

"정숙아! 오늘따라 이 노래가 너무 슬프네! 우리도 그냥 'Let it
be'로 사는 거다."

황금색 자라 스프

(TURTLE CONSOMME SOUP)

서울시 서대문구 합동에 위치한 주한 프랑스 대사관저에서 훈장 수여식이 있었다. 이상덕 셰프가 단상에 올라와 프랑스 대사인 '엘리자베스 로랭'에게 정중히 고개를 숙여 인사를 하였다. 이어 대사는 많은 축하객 앞에서 K호텔 조리 이사인 이상덕을 향해 한국어 발음으로 또박또박 읽어 내려갔다.

"이상덕 셰프는 프랑스 요리의 진수를 한국에서 유감없이 보여주고, 프랑스와 한국의 식문화를 접목해 새로운 음식 문화를 창조하여 양국의 우호 증진에 기여한 공로를 높이 평가하여 이 상을 수여합니다."

많은 참가자들의 박수를 받으며 상덕은 영광의 상패를 받았다. 이날 받은 상은 프랑스에서 제정한 프랑스 국가 농업공로 훈장으로, '메리뜨 아그리꼴(Merite Agricole)'이었다.

프랑스의 훈장은 나폴레옹 1세가 1802년 제정한 가장 명예로운 국가 최고 훈장인 '레지옹 도뇌르(Légion d'honneur)'에 이어 제2차 대전 말기 저항 운동을 한 인사들에게 주는 '해방 훈장(Ordre de la Libération)'과 '국가공로 훈장(Ordre nati-onal du Mérite)', 다음 제1차 대전 이후 여러 전쟁에서 공을 세운 군인들에게 주는 각종 '군사 메달(Médailles militaires)', 1883년 쥘르 메린느 농업부 장관에 의해 제정되어 농업, 식품 분야 발전을 위해 지대한 공헌을 한 개인이나 단체에 수여하는 '메리뜨 아그리꼴(Merite Agricole)'로, 이 훈장은 초창기 제정 후 프랑스의 생화학자 '루이 파스퇴르(Louis Pasteur-1822~1895)'가 그 수훈자로, 그가 발견한 부패나 발효가 미생물의 작용임을 설명하였고 유산균과 효모균, 저온살균법, 가축의 전염병인 탄저병과 광견병의 백신을 개발하여 면역학의 창시자가 되었다. 세계적으로 그의 혜택을 받지 않은 사람이 없을 정도인 그가 받은 상을 이상덕이 받았는데, 본인의 영광은 물론, 호텔업계에서도 큰 업적이 아닐 수가 없었다.

　상덕은 정통 프랑스풍 조찬, 오찬, 칵테일, 뷔페, 만찬에 대한 프랑스 요리의 풍부한 지식과, 프랑스 음식에 정통하면서 다양한 요리를 선보이는 창의성을 인정받고, 프랑스 정부로부터 영예의 수상자가 된 것이다. 그가 장애의 몸으로 정상적인 사람과의 경쟁에서 두각을 나타낸 것은 요행이 아닌 노력의 결실이었다.

강원도 시골에서 자라 처음 발을 디딘 곳이 서울 청량리역이었다. 그리 많지 않은 돈을 갖고 무작정 상경하여 여인숙에 머물면서 직업소개소를 찾아갔다.

처음 신설동에 있는 노벨극장에서 간판지기 조수노릇을 했다. 급료라 해봐야 겨우 옷이나 사 입을 정도였다. 그러다 자주 극장을 이용하는 동대문에서 포목상을 하는 이 사장이라는 분을 알았고, 그는 촌뜨기 같은 어린 녀석이 측은하다며 극장에 오면 먼저 찾았다.

"비전이 없는 극장 간판지기 조수 노릇 그만해라. 그리고 이 명함을 갖고 가서 보여주고 내가 보냈다하면 잘 해줄 거야."

상덕은 그길로 청계천에 있는 관광호텔로 갔다. 사장님이 준 명함을 보여주자 더 묻지도 않고 바로 입사를 하여 호텔생활을 시작했다.

상덕은 어릴 때 소먹이 꼴을 베다가 오른쪽 손을 낫에 베었다. 손가락 두 마디를 잃고 타지로 나가 살아 볼 생각으로 서울로 왔었다. 그러나 서울 생활이 그렇게 녹록지가 않았다. 취직은 하였지만, 같은 또래의 동료마저 소외시키기가 일쑤였다. 심지어는 상사까지도 노골적으로 불이익을 주기도 했다. 신체적 결함이 있으면 잘 보이기라도 해야 하는데, 상덕은 고지식하게 일만 하는 주변머리 없는 왼손잡이기 때문이었다.

그는 호텔에서 퇴근하면 갈 곳이 없었다. 그런 사정을 들은 보안 실장은 당직실 구석 한 쪽을 이용하도록 배려해주었다. 상덕은 당직실을 이용하게 해준데 대한 답례라도 하려고 가끔 당직을 대신 서주기도 하였다.

상덕은 요리사들의 출근 전에 출근하여 주방의 오븐을 미리 가열시켜놓고 냉장고 정리며, 요리에 필요한 각종 재료까지 포함하여 '조리법(Recipe)'을 꼼꼼히 읽고 또 읽었다. 그는 악착같이 양식요리사 '보조(Cook Helper)'일을 해냈다. 옆에서 거들고 수첩에 적으면서 한식, 양식 조리사 자격증 시험에 도전하여 단번에 합격을 하였다.

양식 실기시험을 보던 날이었다. 위생복과 조리 기구가 든 가방을 들고 대기실로 들어갔다. 나이가 좀 들어 보이는 사람이 그의 옆으로 와서 앉더니 말을 걸어왔다.

"아직 나이가 어린데 지금 어디서 일해? 그리고 이름이 뭐지?"

"청계천에 있는 관광호텔 양식부에서 근무하고 있는 이상덕인데요."

"그래! 이왕 호텔생활을 하려면 특급호텔로 들어가서 일을 해. 보수도 좋고 승진도 빠르고 보너스도 꽤 많아."

"아저씨는 지금 특급호텔에서 일하고 계신가요?"

"전에는 특급호텔에서 근무를 하다 그만두고 식당을 하지. 경양식집을 운영하는 김성환이야. 내가 도와줄 테니까 앞으로 잘 지내보자."

그는 처음 보는 상덕에게 손을 내밀어 악수를 청하면서 잘 지
내보자며 너스레를 떨었다.

"지금 요리사 보조로 일하는데 들어갈 수 있을까요?"

"그럼 너는 아직 나이가 어리니까 이왕 시작하려면 특급호텔
로 가서 일을 해야 장래성이 있지."

그는 시험 끝나면 방법을 알려줄 테니 이력서를 넣어보라 하
였다. 한참 얘기를 나누는데 산업인력관리공단 직원이 들어왔
다. 모두가 그의 안내에 따라 탈의실에서 위생복으로 갈아입고
나와 대기상태로 줄을 섰다.

실기시험 응시자들은 오전과 오후로 나뉘어 한 파트에 들어가
시험을 볼 인원은 24명으로, 오전 응시자들은 직원을 따라 조리
실로 이동하였다. 대기실에서 같이 얘기를 나누던 김성환이 상
덕을 앞쪽으로 잡아끌며 '내 앞에서야 나랑 한조가 되는 거야'라
며 직원이 듣지 않도록 나직하게 얘기했다. 직원이 차례대로 수
험생의 등에 번호를 달아주자 각자 등번호가 매겨진 조리대로 이
동하였다. 김성환은 상덕의 바로 옆에 서서 그를 보면서 슬쩍 웃
음을 비쳤다. 조리대는 각각 두 사람과, 바로 건너 두 사람이 마
주보게 싱크대 옆에 가스레인지가 설치되어 있었다. 조금 후 간
부가 들어와 시험 시 주의해야 할 사항을 들려주었다.

"수험생 여러분은 70분 동안 주어진 재료를 사용하여 두 가지

를 완성하고, 완성된 작품은 앞 쪽에 보이는 진열대 위에 제출합니다. 그리고 사용한 기물은 깨끗이 씻어 원위치에 잘 정리정돈하고 귀가하면 됩니다. 또한 조리 시 옆 사람에게 조리방법을 알려주거나, 도구를 잘못 사용하여 다쳤을 시에는 바로 퇴장하게 되며, 열을 가하는 음식은 반드시 익히고, 조리한 재료와 소스는 간을 제대로 하여 제출해야 합니다. 시험관 님들은 조리과정 뿐만 아니라, 제출한 작품의 완성도 채점을 위해 시식도 한다는 것을 명심하기 바랍니다."

수험생들은 갖고 온 조리도구를 꺼내 놓고 경직된 자세로 꼿꼿이 서서 주의사항을 들었다. 이윽고 시험시간을 알리는 종이 울렸다. 수험생들은 분주하게 움직였다.

상덕은 한참 동안 열심히 출제문제를 만들고 있는데 옆자리가 이상해서 보니 김성환이 그냥 서있기만 했다. 상덕은 의아해서 다시 힐끗 곁눈질을 하였다. 그가 나직한 소리로 '타르타르 소스(Tartar sauce)' 만드는 법을 알려 달라며 입을 벙끗 놀렸다. 소리가 나지 않게 하려는 조심스러운 입놀림이었다. 상덕은 이내 눈치를 채고 고개만 살짝 끄덕였다. 시험관들이 채점을 하면서 순차적으로 작업대를 돌며 그들 앞으로 다가왔다. 상덕과 김성환은 흠칫 놀라며 도마 위의 식재료에 시선을 떨구었다. 시험관이 그냥 지나치자 상덕은 그가 따라할 수 있도록 천천히 소스를 만들었다.

타르타르는 생선요리에 곁들이는 소스로, 마요네즈에 레몬즙과 생크림을 넣고 계란을 삶아 다져넣고, 파슬리 양파를 다지고 오이피클은 잘게 썰어 배합을 하는데, 상덕은 그가 잘 따라하는지 곁눈질을 하면서 '딜 오이 피클(Dill Cucumber Pickle)'을 잘게 썰었다. 그도 따라서 잘게 썰자 이내 마요네즈에다 넣고 잘 섞었다. 잘 따라 하는 걸 확인한 상덕은 안도하면서 다음 작품을 만들었다. 작품이 다 완성되자 상덕은 그를 슬쩍 보고 웃어보였다. 그도 답례로 웃으며 고개를 끄덕였다.

상덕은 완성한 작품 '메인 디시(Main Dish)'인 '생선가스(Fish Cutlet)'와 '타르타르 소스'를 들고 갔다. 진열대에 완성작품을 내려놓자 시험 감독관이 다가와 등번호를 떼어 작품 앞에 내려놓고는 나가라 했다.

상덕이 조리실을 나와 탈의실에서 옷을 갈아입는데 김성환이 들어왔다. 그는 덕분에 시험을 잘 치른 것 같다며 눈을 찡긋했다. 그리고 조리기구와 위생복이 든 가방을 메고 나가는 상덕에게 발표날 보자며 손을 흔들었다.

합격자 발표가 있던 날 시험장 게시판의 합격자 명단을 보러 갔다가 김성환을 만났고, 그도 합격명단에 올라있었다. 그는 명단에서 자신의 이름을 손가락으로 가리키면서 경중경중 뛰었다. 이번이 네 번째라며 눈가에 눈물을 글썽이기까지 했다.

"상덕이 네 덕분에 합격했으니 점심은 내가 낼 게. 내가 잘 아는 식당이 있으니 그리로 가자."

그는 고맙다하면서 상덕의 손을 덥석 잡고 마구 흔들었다. 상덕은 그가 가자는 식당으로 가서 밥을 먹었다.

"지난번에 말 한데로 특급호텔에 이력서를 내봐. 이제 자격증도 땄으니 가능할 거야. P호텔에 후배가 조리과장으로 있는데 내가 추천을 하지."

그는 요즘 P호텔에서 공개 채용을 한다며 빨리 보내라며 명함을 건넸다. 상덕은 학력이 중졸이라 내심 걱정이 되었다. 특급호텔은 일반 관광호텔과 달라 외국 셰프들 밑에서 일을 해야 하기 때문이었다. 외국어도 좀 할 줄 알아야 하는데 학력도 그렇고, 오른쪽 검지 두 마디가 없으니 채용이 안 될지도 모르는 불안감이 그를 주저하게 만들었다. 자꾸 손가락을 만지작거리자 밥을 먹던 그가 씩 웃고 나서 그 손을 덥석 쥐었다.

"걱정 말아. 외국인들은 그런 장애는 별로 문제 삼지 않아. 그러니 용기를 내어 한번 부딪쳐 봐. 내 후배한테 미리 전화를 해놓을 테니까."

상덕은 고맙다며 이력서를 내보겠다고 하자 그가 오히려 반색을 하였다.

"내가 더 고맙지. 면접 때 주의해야 할 것은 주저하지 말고 대답을 잘 할 것이며, 솔직히 열심히 잘 하겠다고 분명히 얘기하면 되니까 너무 어려워 말아."

그는 이력서를 내기도 전인데 면접부터 거론했다. 상덕은 돌아가는 길에 이력서를 사갖고 호텔로 돌아왔다. 밤이 되어 혼자 당직실에서 이력서에다 기입을 했다.

* 관광호텔 조리사 보조근무.

* 학력 중졸.

* 한식, 양식 조리사 자격증.

그 이외 더 이상의 기재할 수 있는 '스펙(Specification)'이 없었다. 자신이 없어 찢고 다시 쓰고 하다 마지막 한 장을 이튿날 우편으로 보냈다. 그리고 까맣게 잊고 지냈는데, 업장 사무실에서 전화 받으라 해서 받으니 면접을 보러 오라 하였다. 이상덕은 회사 몰래 이력서를 낸 터라 알았다고만 하고 전화를 끊었다. 업장에 돌아와서도 정신이 없었다. 꿈만 같아서 남들 몰래 손등을 꼬집어보기도 했다. 그러나 감각이 없을 줄 알았는데 꼬집힌 손등이 따끔했다. 그것은 세상에 태어난 이래 처음 느껴보는 행복한 통증이었다.

상덕은 월차를 내고 이튿날 P호텔로 가서 인사과를 찾아갔다.

"조리사 채용 면접을 보러왔는데요."

인사과 직원이 잠시 기다리라 하고는 전화를 하였다. 조금 기다리고 있으니 양식 조리과장이란 사람이 왔다. 상덕이 인사를 하자 그가 반갑다며 악수를 청했다.

"잘 왔어. 나 김용호 조리과장이네. 그렇지 않아도 성환 선배님의 전화를 받았어. 총주방장께 가서 면접이나 잘 보게. 손가락 장애가 있다는 것도 당당하게 말하고."

"네, 그렇게 하겠습니다. 신경써주셔서서 고맙습니다."

"인사는 나중에 하고 어서 나를 따라와."

그가 '조리팀장(Head Sous Chef)'실로 안내하고 나서 나가며 등을 두드려 주었다. 상덕은 조리팀장을 따라 '총주방장(Executive Chef)'실로 들어가 인사를 하고 팀장과 마주 앉아 면접을 보게 되었다.

조리팀장이 이력서를 보고는 얼마를 주면 일을 하겠나 하고 물었다. 상덕은 왼쪽 손을 내보이면서 대답을 했다.

"저는 시골에서 일을 하다가 오른쪽 손 검지 두 마디가 잘려 나갔습니다. 얼마를 주시던지 그래도 일은 열심히 하겠습니다."

상덕의 말을 팀장이 통역을 하였다. 그러자 상덕의 손을 뚫어지라 바라보던 총주방장이 고개를 끄덕였다. 총주방장이 팀장에게 다시 뭐라고 하자 팀장이 상덕에게 총주방장의 의견을 얘기했다.

"실은 총주방장님의 반문은 쓰고 싶은데, 손가락 장애로 인해 그 정교한 요리를 제대로 해낼 수 있겠느냐는 우려를 하시는데 괜찮겠는가?"

팀장의 말을 들은 상덕은 총주방장을 향해 당당하게 말했다.

"손가락 하나 없는 것은 보기가 흉할 뿐이지 일하는 데는 전혀 문제가 없습니다. 오히려 더 열심히 하여 네 개가 다섯 개를 능가하도록 해보이겠습니다."

그의 말은 비장한 감정이 섞였는지 톤이 좀 높아져있었다. 그런 그의 말을 듣고 있던 총주방장이 팀장을 보고 무슨 뜻인지 물었다. 이어 팀장이 통역을 하자 총주방장이 팀장에게 고개를 가볍게 끄덕이며 미소를 지었다. 이어 팀장이 총주방장하고 몇 마디 얘기를 나눈 후 상덕에게 손짓을 했다.

"상덕 군은 손을 내리고 나를 따라오게."

상덕이 팀장 사무실로 따라 들어가자 앉으라 하고는 조용히 얘기를 했다.

"총주방장님께서는 외국 분이시라 그만한 장애는 극복할 수 있지 않겠냐며 오케이 하셨네. 그리고 그런 손으로 조리사 자격증까지 취득했으니 잘 적응할 것이라 했네. 그렇지만, 요리를 하려면 손으로 칼을 비롯해서 각종 조리 기구를 다뤄야 하는데 괜찮을지? 이건 내 소견이네. 아무튼 총주방장님께서 허락을 하셨으니 채용이 된 거네. 이제 우리호텔 직원이 된 걸 축하하고, 월요일부터 출근을 하게."

"네. 팀장님! 고맙습니다. 열심히 일하겠습니다."

상덕은 치명적인 핸디캡을 갖고 있음에도 흔쾌히 채용을 해주시는 총주방장님이 너무 고마웠다. 팀장실을 나와 총주방장실을 지나면서 문을 향해 연신 고개를 숙여 인사를 하면서 호텔을 나왔다.

상덕은 총주방장의 우려를 깊이 생각했다. 손가락 한 개가 걸림돌이 될 수는 없었다. '나머지 손가락 아홉 개가 멀쩡한데 무슨 문제가 될 것인가? 특급호텔에서 일하는 사람이라고 다 그렇게 좋은 스펙을 가진 것은 아닐 것이다. 다른 장애도 있을 수 있지 않겠는가?' 그는 일만 하게 되면 보수는 중요하지 않게 생각했다. 특급호텔에서 일하게 된 중졸의 요리사는 다른 사람들보다 두 시간이나 일찍 출근을 했고, 선배들의 요리방법을 꼼꼼히 수첩에 기록하여 집에서 밤늦게까지 공부했다. 그렇게 다른 사람보다 더 성실하게 일을 했다. 그런 노력들이 쌓여 프랑스인 보다 프랑스 요리를 더 잘하는 한국인이라고 불리게 되었다. 프랑스 정부에서 훈장까지 수여할 정도니 그의 실력은 의심할 여지가 없었다. 총주방장이 된 후에도 타 호텔에서 자사의 주식을 우선 매입할 수 있도록 해주는, 최고의 선택권인 스톡옵션이 포함된 높은 연봉의 스카우트 제의도 거절했다. 지금의 호텔에서 나가라 할 때까지 그런 이익을 바라보고 그만 둘 수는 없었다. 조리사 보조에서 조리 이사로, 프랑스 국가 농업공로 훈장을 받기까지 한 그만의 자존심이었다.

방송에 출연하는 스타 셰프처럼 유학파도, 유명 요리학교 출신도 아니지만, 아홉 개의 손가락으로 장애를 딛고 일어선 그는 요리사를 꿈꾸는 청춘들에게 전설로 다가왔다. 그는 전통과 창의성이 어우러진 프랑스 요리를 선보이며, 전통 프랑스 요리의 재료뿐만 아닌, 산과 들에서 자생하는 약초까지도 이용하는 지혜를 보이기도 했다. 최고의 맛을 내기 위한 끊임없는 연구로 손님의 입맛을 만족시키기 위해 노력했다. 또한 후배들에게 하는 말 중에서 되풀이 되더라도 듣고 실천해야 한다고 강조했다.

"손님의 입맛보다 요리사 자신의 입맛이 우선시 돼야하기 때문에 항상 입을 청결하게 해야 합니다. 그래서 나는 술이나 담배를 하지 않습니다. 그리고 덧붙여서 본인 각자가 여유로운 마음을 유지해야 하고요. 손님은 즐거운 마음으로 식사를 하러옵니다. 그에 부응하는 음식이 나오려면 당연히 요리사도 여유로움을 갖고, 또한 즐거운 마음으로 조리를 해야 한다는 뜻입니다."

그는 더 나아가 한국의 독특한 재료들을 사용하기도 하였다. 섬세하고 모던한 '프레젠테이션(Presentation)'을 보여 주겠다며, 최고의 셰프를 꿈꾸는 요리사들에게 성공 노하우를 피력했다.

"항상 긍정적인 마인드로 보다 질적인 요리방법을 연구해야 합니다. 모든 일은 자신의 이름을 걸고 현재에 안주하지 않는, 미래지향적이어야 능력자가 될 수 있습니다."

그는 또 업무시간 외의 투자에 관대하라며 후배들에게 조언을 아끼지 않았다. 싱가포르 국제요리대회에 보조인원으로 참가한 경험이 있어서, 후에 정식으로 참가하여 은상을 받은 쾌거를 이루기도 했다.

국제요리대회에 나가기 위해서는 대회 참가자 전원이 팀워크를 이뤘다. 그리고 3개월 전부터 실습에 들어가 출발 일주일 전까지는 모든 과정을 마무리하고 출정식에 올랐다.

요리의 구성은 방법 전부를 골고루 사용하는데, 구운 것, 찐 것, 볶은 것, 튀긴 것, 삶은 것 등으로 다양한 방법을 동원, 최종 프레젠테이션을 마치면 바로 출정식을 갖고 필승을 다짐하고 대망의 비행기 트랩을 밟았다.

싱가포르 국제요리대회는 '세계조리사연맹(WACS World Association of Chefs Societies)'에서 주최하는 요리대회 중의 하나로, 2년에 한 번씩 개최되었다. 선수가 전시 준비하는 시간은, 오전 5시부터 7시까지로 시간 초과 시에는 감점처리가 되었다. 모든 전시 작품은 음식공예부분을 제외하고 더운 음식을 차게 전시하며, 음식을 너무 익히지는 않으나 익힘의 정도는 눈으로 확인이 되어야 하며, 규정을 지키지 않은 작품은 전시장 반입을 할 수가 없기 때문에 전시도 허용이 안 되었다.

프랑스 대사의 훈장 수여식이 끝나고 상덕은 기념촬영 때문에 축하객들과 단상에 섰는데, 맨 뒷좌석에 눈에 익은 사람이 앉아 있었다. 상덕은 다시 바라봤다. 그는 P호텔의 총주방장이었던 와타나베였다. 상덕은 반색을 하면서 뛰쳐나갔다. 그는 상덕을 보자 자리에서 일어나 앞으로 걸어 나왔다.

"바쁘신데 와타나베 총주방장님께서 이렇게 와주셔서 고맙습니다."

상덕은 너무 반가워서 그의 앞으로 다가가 두 손을 내밀었다. 와타나베는 수상을 축하한다며 손을 들어 그를 껴안고 등을 토닥였다.

"리 상! 메리뜨 아그리꼴 슈소오 오메데또오 고자이마스."

와타나베 총주방장을 만나게 된 것은, 조리사 자격시험 때 만난 김성환 덕분에 P호텔에서 입사 면접을 보게 되었기 때문이다. 그때 새로 부임해왔다는 일본인 '총주방장(상무급)'과 '조리팀장(부장급)'의 눈에 들어 입사를 하게 되었다. 상덕은 남들보다 일찍 출근하여 열심히 일을 하였다. 그래서 한국 요리사 중에서 실력이 있는 양식 요리사를 선별하여 새 메뉴 교육을 할 때 채택이 되었다. 그때 와타나베 총주방장의 지휘아래 팀장이었던 이케다 부장 밑에서 요리를 배웠다. 그러다 총주방장이 일본 본사로 가는 바람에 상덕은 이직을 하게 되었는데, 현재 조리이사로 있는 K호텔에서 십여 년을 프랑스인 총주방장 밑에서 정통 프랑스 요리를 배웠고, 와타나베 총지배인은 한국의 식문화 시장에 매력을 느껴 다시 한국에 들어왔다. 그리고 '셰프 테이블 레스토랑(Chef Table Restaurant)'을 내면서 '소믈리에(sommelier)'를 두고 사전 예약제로 영업을 했다. 음식과 와인의 조화를 이루는 별도의 '프라이비트 룸(Private Room)'을 레스토랑의 안쪽에 마련하고, 소규모 최적의 파티행사를 유치하였다.

"이렇게 와주실 줄은 정말 몰랐습니다. 그간 근황은 익히 들어 잘 알고 있었습니다, 한 번 찾아뵙는 다는 것이, 진즉에 연락을 못 드려 죄송합니다."

"나도 리 상이 고군분투로 역경을 잘 이겨낸다는 걸 들어 알고 있었네."

"네, 총주방장님 밑에서 호되게 일을 배웠기에 장애를 극복할 수 있었습니다. 가끔 힘들고 견디기 버거울 때는 총주방장님을 생각했었습니다. 한참을 생각하다보면 힘이 생겨나 더욱 더 열심히 공부하게 되었고요. 그때 '나는 할 수 있다'는 '와다시와 스루 고또가 데끼루(私は することが できる)'라고 하신 구호가 아직도 귓가에 쟁쟁합니다. 또 자라 때문에 혼난 일도 잊을 수 없고요."

"아! 이 사람이. 너무 힘들게 했다고 원망을 해야 하는데 오히려 전화위복으로 삼으니 그 의지 하나는 알아줘야 하겠네! 이제는 명실공히 한국을 대표하는 자리에 오른 셰프님을 한 번 모셔야 되지 않겠나 싶네."

"대 선배님 앞이라 몸 둘 바를 모르겠습니다. 그냥 이 군으로 불러주십시오. 저에게는 은사님이시라 이름을 불러주셔도 무방합니다."

"그래도 그렇지가 않다네. 호텔 업계에서 한국을 대표하여 '메리뜨 아그리꼴' 수훈자가 되었는데 어찌 옛날처럼 대하겠나!"

"이게 다 대 선배님 덕분입니다. 선배님을 만나지 않았다면 저에게는 오늘 같은 날이 오지 않았을 것입니다."

"아무튼 거듭 축하하네. 그리고 시간이 되면 초청하겠네. 그때 만나 식사나 하세."

"네, 저는 영광이지요. 옛 은사님께서 직접 운영하는 디럭스 레스토랑에서 식사를 하게 되어서요."

"오늘은 바쁠 테고. 내 다시 연락하여 만나기로 하세."

"바쁘신데 이렇게 와주시고 축하해주셔서 고맙습니다. 저도 총지배인님께서 본국으로 떠나시자 바로 이직을 하였습니다."

"내가 본사로 들어갔다가 한국이라는 나라가 매력적인 면이 많아서 다시 입국하여 프라이비트 레스토랑을 오픈하게 되었네."

"정말 잘 오셨습니다. 제가 도울 일이 있으면 언제든지 말씀해주십시오."

"고맙네. 다음에 만나면 상의할 일이 있을 걸세. 옛 정을 잊지 않고 이렇게 선뜻 자청하여 도와주겠다니 정말 고맙네."

상덕은 그에게서 처음 최고급의 서양식을 배우게 되었는데, 장애를 극복하여 도중에 포기하지 않도록 혹독하게 일을 시켰다. 그런 의도를 모르는 직원들은 총주방장의 눈 밖에 나 얼마 못 가서 그만둘 거라며 수근거렸다. 그러거나 말거나 상덕은 오직 주어진 일에만 매달렸었다.

아침에 출근하여 로커에서 '쿡 복(Cook Uniform)'으로 갈아입고 업장에 들어서면 먼저 외치는 구호였다. 소리가 작으면 이케다 팀장이 다시 복창을 하게하고 자라 스프 끓이는 교육을 받았다.

"스프는 대략 '맑은(Clair)' 스프와 '걸쭉한(thick-Lie)' 스프로 나누는데, 맑은 자라 스프가 남자에게는 정력에, 여자에게는 미용에 좋다는 거 다 알거다."

먼저 스프에 사용할 재료의 중량을 체크하고 모든 준비가 완료되면, 2kg이상 나가는 주재료인 자라를 큰 물통에서 꺼내온다. 고가인 자라는 한 번에 5~6마리씩 잡는데, 한국, 중국, 일본 등지에 분포하는 거북목 자라 과에 속하는 파충류였다. 자라때문에 한 번은 황당한 일이 벌어지고야 말았다.

자라는 등딱지가 편평하고 표면은 두꺼운 껍질로 덮여있었다. 가장자리는 얇고 부드러워 물에서는 제법 민첩하나, 땅에 올라오면 짧은 네 다리로 기어가는 아주 느린 동물이었다.

1970~1980년대만 해도 자연산 자라가 우리 강산엔 제법 많았었다. 자라는 오래 살고 배 위에는 임금 왕王자가 새겨져있어서 영물로 생각하여 잡기를 꺼려했고, 잡는 방법도 썩 기분이 좋은 일이 아니었었다.

수상식이 끝나 와타나베 상과 기념촬영을 마치고 상덕은 이틀 후 와타나베의 전화를 받고 레스토랑으로 갔다. 웨이터의 안내로 '진주 룸(Pearl Room)'으로 들어가는데 입구에서부터 샹파뉴 지방에 온 것 같았다. 포도주 저장실과 같은 '와인 셀라(wine cellar)'의 프레젠테이션이 돋보였다. 다이닝 룸에 들어서자 천장에 드리운 '체리 주빌리(cherries jubilee)'의 샹들리에 불빛으로 하얀 테이블이 눈부시고, 여성스럽게 잘 빠진 '플루트(Flute)' 스파클링 와인 잔도 테이블 위에서 영롱하게 이글거렸다.

"이 이사! 와 주었군. 반갑네. 아니 그냥 앉아있게나."

와타나베 대표가 들어오자 상덕이 일어났다. 와타나베는 반갑게 상덕의 손을 잡아 앉히고는 테이블에 마주 앉았다.

"오느라고 수고 많았어. 무척 바쁠 텐데….'

"아닙니다. 대표님! 들어오면서 보니 프랑스의 고풍을 그대로 옮겨 놓은 듯합니다. 분위기에 기가 죽을 정도니 말입니다."

"이 이사가 좋게 봐주니 더욱더 희망적이오. 더군다나 프랑스 요리의 대가께서."

"대가는 무슨요. 아무튼 대단하시네요. 타국에 와서 진가를 보이시니 말입니다."

이어 젊은 '소믈리에(Sommelier)'가 들어오자 와타나베 대표가 소개를 했다.

"K호텔의 이상덕 이사를 소개하겠네. 그리고 이쪽은 우리 레스토랑의 소믈리에로 와인의 정통파인 '카리야 테츠' 상일세. 카리야 테츠 상 어서 이상덕 이사께 인사하게."

상덕은 자리에서 일어나 악수를 청하자 그도 처음 뵙겠다며 인사를 했다.

"이상덕이라고 합니다. 대표님께서 아끼는 제자라 들었습니다. 그런데 생각보다 매우 젊으시네요."

"처음 뵙겠습니다. 저는 카리야 테츠라고 합니다. 사쪼 상께 말씀 많이 들었습니다. 이번에 '메리뜨 아그리꼴' 상을 수상하셨다니 축하드립니다."

"네, 축하 감사합니다. 그런데 일본에서 문제가 되었던 만화가 이름하고 비슷하네요. '맛의 달인(美味しんぼ)' 작가로, 일본 천황을 비판하고 한·중에 호의적이라 일본 우익단체로부터 살해 위협을 받고, 호주의 시드니에 거주하는 것으로 알고 있습니다."

"이 이사는 어떻게 그 만화가를 다 알고? 1987년 '쇼가쿠칸 만화상'을 수상했고, 일본에서 한때 문제가 되긴 했는데."

"일본 요리를 공부하다 우연히 작가가 그린 일본 요리만화를 보게 되었습니다."

"이름만 같지 작가는 아닙니다. 아시다시피 소믈리에가 저의 직업입니다."

이렇게 얘기가 오가는 중에 웨이터가 와인랙 왜건에서 '스파클링 와인(Sparkling Wine)' 병을 내려 스크루에 달린 나이프로

병목을 돌려 덮개를 뜯어냈다. 다음에는 병목을 감은 철망을 조심스레 풀어 마개를 열어 먼저 이상덕 이사의 잔에 조금 따르자 와타나베가 먼저 맛을 보라하였다.

"이 이사 어서 시음을 해봐요."

"와인은 소스에 많이 사용해서 좀 아는데, 스파클링 와인의 맛에는 아무래도 좀…."

"그러시군요. 우리 레스토랑에서는 최상의 와인 상태를 유지하는 셀라에 준비하고, 대중적인 것에서 고급스런 크리스티 옥션의 와인이나 컬트 와인까지 준비합니다. 그리고 '샹파뉴(Champagne)'는 영어로는 샴페인으로 발음되는데, 샹파뉴 중심 도시인 '랭스(Reims)'와 '에뻬르네(Epernay)'로, 평균기온이 10℃ 정도로 샴페인 생산의 최적지로 알려져 있습니다."

"그런데 와인과 스파클링 와인하고는 제조방법이 다르다는 것을 잘 모르는 사람들은 탄산가스를 주입한다고 하더군요."

"네, 일반 와인에 인공적으로 탄산가스를 주입시키는 방식도 있지만, 사실 전통적인 샴페인 양조방식은 병 속의 2차 발효로 탄산가스가 생기게 됩니다. 1668년 '오빌리에 수도원'의 '동 페리뇽(Dom Perignon)' 수도사에 의해 우연히 발견된 발포성 와인으로, 당시 '지하 저장고(Cave)'에서 봄에 기온이 오르자 가스의 압력이 폭발하였는데, 그게 바로 2차 발효 때문이란 걸 알게 되었습니다. 당시 양조 기술이 부족해 살아있는 미생물, 당분, 효모 등을 직접 넣어 숙성한 탓으로, 지금도 동 페리뇽 수도사의 방법인 '샹파뉴 방식'인 '메소드 샹쁘누아즈(Methode Champenoise)'라고 합니다."

"오히려 샴페인의 제조방법이 더 까다롭다 봐야겠네요?"

"네. 1차 발효 후 당분과 천연 '효모(Yeast)'를 첨가하여 출시될 병에 담아 임시로 막아놓으면 지하 저장고에서 2차 발효가 되며, 이때 발생한 탄산가스는 와인에 용해되었다가 열면 보드라운 거품 속에서 기포로 올라옵니다. '논 빈티지(Non Vi−ntage)' 샴페인은 병 속에서 최소 15개월 이상 여러 해의 와인을 섞어 만들기 때문에 연도를 표시하지 않고, 빈티지 샴페인은 3∼5년, '프레스띠쥬(Prestige)'급은 7∼10년 이상 숙성시킵니다."

"전에 와인의 고장인 '보르도(Bordeaux)'의 '와이너리(Winery−포도주 양조장)'에 가서 와인 시음 전에는 한 품종으로만 만드는 줄 알았습니다."

"네. 레드와인은 여러 품종을 섞는데요, 보르도의 우안에 위치한 메독 지방의 많은 '샤토'에서 재배되는 품종 조합은 '카베르네쇼비뇽(Cabernet Sauvignon)'이 약 60~65%, '카베르네프랑(Cabernet Franc)'이 약10~15%, '메를로(Merlot)'가 약 10% 내외, '프티베르도(Petit Verdot)'는 3~8%로 배합해 빚습니다."

와인에 대한 얘기가 끝나자 바로 '콩소메 트뤼플 버터(Consomme Truffle Butter)'의 맑은 스프가 나왔다.

"어서 드시게. 오늘 특별히 이 이사를 위한 스프를 준비했네."

특별히 준비했다며 톤을 높여 웃는 와타나베를 보는 순간 상덕도 웃지 않을 수가 없었다. 참으로 기막힌 묘수를 두는 것 같아 웃음이 절로 나왔다.

"이 이사는 이 스프를 보면 무슨 생각 안 나나?"

"왜 안 납니까? 처음 입사하여 양식을 배울 때 자라 스프 끓이면서 일어난 일을요. 한밤중에 자라가 물통에서 탈출하여 벌어진 소동을. 그때 얼마나 난감했는지…."

"그래요. 참 재미있는 일들을 겪었지요. 허 허!"

입사하여 이케다 팀장에게 자라 스프 끓이는 교육을 받을 때 고가의 자라 때문에 황당한 일이 벌어지고야 말았다.

자라를 큰 도마 위에다 뒤집어 놓으면 원 위치로 돌아가려고 목을 길게 내밀 때 바로 칼로 목을 친다. 목을 자른 후 거꾸로 들어서 피를 뽑고 그 피에 백포도주를 반씩 섞는다. 와타나베 총주방장은 정력에 좋다며 조금씩 주는데 안 마실 수 없어 억지로 마셨다. 그런 일이 있은 후부터 그 작업을 앞두고 요리사들의 고민이 시작됐다. 서로 자라를 안 잡으려고 뒤로 미루다 기어이 엉뚱한 일이 벌어지고 말았다.

큰 물통에 자라를 넣고 물을 부은 다음 무거운 뚜껑을 덮고 퇴근을 했다. 밤이 되어 주방 안이 조용해졌다. 이때다 싶은지 힘센 녀석들이 무거운 뚜껑을 밀치고 기어 나왔다. 캄캄한 바닥을 밤새 기어 다니다 불빛이 보이는 곳에 모여서 쉴 때는 이른 아침이었다.

'조찬(Breakfast)'을 들기 위해 손님들이 탄 엘리베이터의 문이 열리자 자라가 긴 목을 빼고 쳐다 봤다. 식당으로 들어가려던 여자 손님들이 기겁을 하여 소리를 지르고, 남자 손님들은 파안대소하는 해프닝이 벌어졌다.

이 일은 바로 위로 보고 되어 직원들은 주의사항을 들었지만, 와타나베 총주방장도 어이없다며 웃고 넘어갔다.

이케다 팀장과 함께 자라를 이용한 최상의 '터들 콩소메 스프(Turtle Consomme Soup)'를 만들었다.

대형 '고압스팀 파트(Steam Pot)'에 '쇠고기 육수(Beef Stock)'를 넣고, 갈은 쇠고기와 당근, 양파, 셀러리, 대파를 잘게 썰어 계란 흰자와 잘 혼합하여 넣어 끓이는데, 밑바닥에 눌어붙지 않도록 저어주면 풀어졌던 내용물이 엉키면서 떠오른다. 이때 불을 줄이고 가운데에 주먹크기만 하게 공기구멍을 내고 8시간 이상 끓여 거른다. 이렇게 오래도록 우려내 식힌 국물은 최고급 비프 콩소메 스프(Beef Consomme Soup)가 된다.

이번엔 비프 콩소메에다 위의 재료를 넣고 쇠고기 대신 자라고기를 다져 넣어 우려내면 더블, 즉 두 번씩이나 우려낸 최상의 '황금색 자라 스프'가 되는 것이다.

자라를 한식에서는 용봉탕 재료로 사용하였다. 많이 지치거나 만성적 피로와 원기회복에 좋다고 하였다. 특히 양생(養生)의 6가지, 기(氣), 혈(血), 수(水), 식(食), 동(動), 휴(休) 등에 탁월한 효용이 있는 자라를, 제일 쫄따구(졸병)인 상덕이 도맡아 잡아야 했었다.

"자라 잡느라 애 많이 썼네. 그렇게 불평 없이 했으니 청출어람(靑出於藍)의 경지까지 오게 된 것이 아니겠어요?"

"이렇게 과찬을 해주시니 송구스럽습니다. 대표님의 배려라 생각하고 열심히 일에만 집중했었는데, 자라를 잡던 제가 이젠 황금색이 나는 최상의 자라 스프를 먹게 되어 감회가 깊습니다."

상덕의 말에 와타나베는 그를 바라보며 크게 웃었다. 상덕은 모가지를 쏙 뺀 자라의 목을 내리치던 때를 회상하면서 송로버섯인, '트뤼플(Truffle)'을 첨가한 버터를 콩소메에 풀면서 가슴이 울컥해왔다.

남양군도南洋群島

건립기(建立記)에 대한 아버지의 염원

밖에서 돌아온 이영만의 표정이 매우 밝았다.

"아버지 무슨 좋은 일이라도 있으세요?"

"남양군도에 '건립기'를 세웠다는데 언제 나를 그곳에 데리고 가거라. 그곳에 가보면 네 큰아버지에 대해 알 수 있을 것 같구나."

아버지는 한참이나 골똘히 생각에 잠긴 채 아무 말이 없었다.

"아버지 건강이 좋아지시면 그때 같이 갈 테니 너무 염려하지 마시고 건강 잘 챙기세요."

아들의 말을 들은 아버지의 표정이 한결 밝아졌다.

"그러마. 그런데 내가 요즘 자꾸 어디론가 헤매는 꿈을 꾸곤해. 덕만이 형님도 보이고. 너라도 빨리 장가를 가야하는데….”

“아버지가 바라시던 공부를 더해야 하잖아요. 너무 큰아버지 생각을 해서 그럴지도 모르고요. 그리고 그 먼 곳으로 가려면 먼저 아버지 건강이 우선되어야 해요.”

“네 나이가 지금 적은 나이냐? 나도 남들처럼 손주도 안아보고 싶구나. 네 큰아버지는 학교도 못 댕기고 머슴살이로 우리 집안을 먹여 살렸다. 그래서 나는 형님 덕분에 고등과를 나와 교육청에 취직이 되어 공무원 생활을 했지. 내가 졸업을 하자 덕만이 형님은 돈 벌러 떠났다. 왜정 때라 일본이 전쟁을 치르느라 곡식은 물론, 인간 공출도 마다하지 않았다. 덕만이 형님이 저 남쪽 나라의 남양군도라는 아주 먼 곳으로 돈 벌러 떠났지만, 해방이 되었어도 형님은 끝내 돌아오지 않았다. 그런데 내가 어떻게 형님을 잊을 수가 있겠느냐?”

“그러게요. 아버지가 그렇게 큰아버지를 생각하시는 마음을 제가 왜 모르겠어요. 큰아버지 덕분에 아버지는 공무원 생활을 하셨고, 저 또한 이렇게 공부를 하잖아요.”

당시에는 고등학교를 졸업하면 교사자격이 주어지는데, 아버지는 9급 교육행정공무원으로 채택이 되어 국민(초등)학교 행정 지원을 담당했었다. 아버지는 깊은 한숨을 내쉬면서 다시 말을 이었다.

“왜정 때라 궁핍함은 우리 집뿐만 아니라 마을 전체가 그랬지만, 지주들은 머슴들의 노동력과 소작민의 생산능력에 따라 부를 누렸지. 그래서 가난을 탈피하려고 마을에서도 여러 명이 간 걸로 아는데 모두 돌아오지 않았다. 후에 들리는 소문으로는 티니안인지 사이판인지 하는 사탕수수밭에서 일하다 강제로 징병되어 나가 싸우다 전사했다는구나."

"네. 사이판에서 살아 돌아온 노동자의 기사를 본 적이 있어요. 일본 육전대와 미 해병대와의 접전지역에 노동자들까지 강제로 전투에 투입시켰다고요."

"덕만이 형님만 돌아오셨어도…. 왜놈의 전쟁터에서 원귀가 되어 구천을 떠돌 텐데 말이다. 언제 빨리 그곳에 가서 형님께 술이라도 따라 올리고 와야 내 마음이 편할 것 같구나. 그리고 너도 빨리 우리 집안 대를 이어야 하지 않겠니?"

늘 술이라도 한 잔 올리고 와야 맘 편히 지낼 수 있을 거라 하시며 형님을 찾아간다고 경로당, 사회복지관을 드나들었고, 왜정 때의 세계 제2차 대전 '남양군도'라는 곳의 실상에 대해 알아보시다 자리에 눕게 되었다.

3·1 운동 이후에 한국의 젊은 노동자들이 많이 떠나게 되었는데, 큰아버지가 돈 벌러 떠났다는 곳은 남양군도의 '사이판(Saipan)'이었다. 사이판은 일본의 마지막 요새였던 미크로네시아의 북태평양에 위치한 곳이었다.

독일이 점령한 사이판을 1차 세계대전 때 일본이 빼앗아 남양군도를 위임통치(1914~1945년)하였는데, 팔라우에 '남양청(南洋庁)'을 두고 위안소 행정관리를 관장한 데다 전선을 확대하면서 조선인 위안부를 동원하고, 1914년에는 괌과 파푸아뉴기니 사이를 점령하면서 남태평양 진출을 꾀했다.

일본이 미크로네시아 개발과 남양군도를 요새화하기 위해 조선인 노무자를 강제 징용하여 병원, 학교, 군사, 부두시설, 도로와 활주로를 건설, 사탕수수나 귀리 등을 재배하였으며, 일본의 '황제연합함대'는 진주만을 공습하면서 필리핀, 홍콩, 싱가포르, 동인도까지 2차 대전을 치르려니 많은 물자가 필요했다. 그래서 공출이 곡식이나 쇠붙이 뿐만 아니라 인간도 공출로 삼았다. 젊은 여성들은 정신대로 끌려갔고, 3·1 운동 이후엔 조선총독부가 대대적으로 나서서 소작인을 상대로 탄압을 했다.

'이민알선의뢰(移民斡旋依賴)'를 설치하고 '농부모집취업안내(農夫募集就業案內)'에 들어갔다. 1932년에 '오족협화(만주족, 일본인, 한족, 몽골족, 한민족)'를 슬로건으로 내걸고 만주국으로의 이민정책을 썼는데, 식민지를 개척하기 위해 다른 나라나 그 지역에 들어가서 살게 하는 '입식(入植－にゅうしょく)' 조건은, 고용기간 2년으로 섬에 도착한 이후 2년이 경과하면 계약을 갱신할 수 있도록 하였고, 취업시간은 오전 5시 30분부터 오후 5시 30분까지(식사 및 휴식은 2시간)였으나 전쟁이 치열하여 전사자가 속출하자 결국은 전투병이나 위안부로 내몰았다.

'지주에게 혹사당하지 말고 이곳에 오면 잘살게 해준다'며 집요하게 설득하러 다녔다. 본인의사에 따라 민간회사의 노동자 송출이라지만, '돈 벌어와 땅도 사고 장가도 들어 보란 듯이 잘 살 수 있다'는 일본순사의 감언이설에 현혹되어 돈 벌러 떠나게 되었다. 못 배우고 가진 게 없어 남의 땅을 소작하거나 머슴으로 살아야 했기에 더욱 그러했다. 그렇게 젊은 일꾼들은 저 머나먼 이국땅으로 송출되어갔다.

이덕만이 사는 마을에도 자주 일본 순사가 찾아왔다. 가가호호 다니면서 지주들 몰래 소작민과 머슴들을 불러내어 회유했다. 당고바지에다 무릎까지 올라오는 가죽구두를 신고 여군모집이란 완장을 차고 다녔다. 젊은 남자들에게는 '돈 벌어와 내 땅도 마련하여 장가도 들고 보란 듯이 잘살 수 있고', 여성에게도 '많은 돈을 벌어와 좋은 집안에 시집을 갈 수 있다고' 꼬드겼다. 말이 여군모집이지 소위 정신대까지 모집하러 다녔는데, 정신대는 군수 공장과 방직 공장에서 노동력을 제공하던 여성들을 일컬었다. 본인들이 자진해서 돈 벌러 갔다지만, 대부분 수용소에서 징용되고 종군 위안부로 귀속되었다.

"리 상은 아는가? 남양군도에 가서 몇 년 만 일하면 큰돈을 벌어올 수 있다는 거. 집 사고 땅 사고 예쁜 색시도 얻고. 어디 그뿐인가. 오히려 지주가 되어 리 상 같은 머슴을 부린달 말일세."

"남양군도가 어딘데 거기가면 돈을 많이 벌 수 있단 말이지

유?"

"리 상은 아직도 모르나? 배운 것도 없이 남의 머슴이나 사니 세상이 어찌 돌아가는지 알기나 하겠어. 그러니 어떤 처자가 시집이나 오겠나? 쯧쯧!"

일본해군은 1932년 사이판에 비행장을 건설하자 '남양흥발주식회사(南洋興発株式会社·ナンヨウキョウハツ カブシキガイシャ)'가 1933년 '아슬리토' 비행장 내에 직영농장을 건설했다. 이는 비행장 군사시설을 숨기기 위해 대규모 사탕수수농장을 만들어 '남양청제1농장'이라 위장하였다. 일본의 전범기업 하면 흔히 미쓰비시라고 하지만, 실은 미크로네시아의 남양군도에 진출한 '남양흥발'이 대표적이었다.

조선인이 동원된 사탕수수 농장은 전투에 승리한 미군이 전투비행장으로 확장하여 지금의 국제공항이 되었다. 이처럼 일본의 해외영토 확장야욕은 사이판에서부터 집요하게 시작하였다.

당시 군인이나 군속으로 징용, 노동자, 정신대에 이르는데, 그중 노동자들은 탄광, 비행장, 철로건설, 군수산업공장, 지하공장, 수력발전소, 터널공사, 토목공사장, 사탕수수밭에 동원되어 노예처럼 생활했다.

이덕만은 일본인회사에 차출되어 대망의 꿈을 안고 군용기 편으로 저 머나먼 남양군도로 떠났다. 일본군 폭탄저장소가 있는 사이판의 '아슬리토' 비행장에 내렸다. 그리고 군용막사에서 합숙하였다. 아침에 일어나면 조별로 활주로와 부근의 사탕수수밭에 투입되어 반바지에다 맨발로 막노동을 하였다.

당시 원주민인 '차모로족'과 '캐롤라이나인'들이 노예취급을 당했는데, 조선인도 혹사당했을 것은 뻔했다. '남양흥발'의 악질 회장인 '마쓰에 하루지'가 설탕 수출국으로 전환시킨 공로로, 사이판 발전에 크게 기여했다며 '설탕왕(Sugar king)'이란 동상을 세워놓기까지 했다.

미국 루이지애나주립대학 유학생 출신이었던 '마쓰에'는 사탕수수가 돈이 된다는 사실을 남보다 빨리 알았다. 그래서 초기에 대만에서 사탕수수 농장을 개척하고, 1923년 도쿄의 본사를 아예 사이판 '찰란 카노아(Chalan Kanoa)'로 옮겨 제당 공장도 세웠다. 찰란 카노아는 북마리아나 연방 본부가 있는 사이판 최대의 마을로, 사이판 전체를 사탕수수 농장으로 재편하는 한편 이를 수송할 철도도 놓았다. 부족한 노동력은 한반도 등지에서 마구잡이로 끌어온 노동자들로 충당했다.

'남양흥발'은 1921년 설립부터 일본 해군과 외무성이 주도하여 실질적으로는 국책기업에 준했다. 오키나와와 후쿠시마, 야마가타 등에서 이민을 모아 야자 대신 설탕이나 커피, 면화의 생산을 시작했다. 1926년에는 사이판에서 약 5.4km 남쪽에 위치한 '티니안'을 개발하면서, 사이판 인근 섬은 물론 태평양 전체에 진출했다. 그 결과 쇼와 초기에 티니안의 설탕 생산량은 타이완에 이어 동양에서 두 번째로 많은 생산량을 기록했다. 그러나 세계대공황과 만주사변 이후 정치군사적 경제개발을 위한 식민지 사업으로, 1929년 '남양군도개발조사위원회'를 발족하여 1936년 7월 칙령으로 승인이 나자 국책회사인 '남양척식주식회사'가 11월 정식으로 출범하게 되었고, 곧바로 '남양흥발'이 선두에서 모든 사업을 이끌었다. 말이 경제개발이지 주요 목표는 전쟁을 위한 군수사업이었다. 미군에 패한 이후, 제당 관련 기반시설이 폐허로 변해 종전(終戰) 후 전범기업으로 분류돼 소멸했지만, '마쓰에'의 흔적이 사이판 곳곳에 남아있다. 그의 동상은 생전인 1934년에 세워졌으며, 주변에 원주민인 차모르족 사이판 시장, 후쿠시마현(福島県)서부의 아이즈와카마쓰시(会津若松市)의 일본인 시장이 '아이즈(会津)' 출신인 '마쓰에'를 위해 나무를 심어 '우정이 영원하기를 기원한다. 2005년 7월 16일'이라 했다.

일본이 이렇게 남양군도를 위임통치하게 된 것은, 1931년 일본관동군에 의해 만주사변이 발발하면서였다. 일본제국정부의 방침에 반기를 든 관동군이 독자적으로 감행했다. 이로 인해 결과적으로 일본 제국은 만주를 영유할 수 있게 되었다. 그러나 열강과의 협의 없이 만주를 병합할 수 없었다. 위임통치령 형태로 소유하려했으나, 일본의 독자적인 행위라 하여 국제연맹에서 승인해주지 않았다. 그러나 일본제국은 이곳에 만주국이라는 〈괴뢰국〉을 수립했고, 다시 국제연맹이 인정을 하지 않자 결국 1935

년 국제연맹에서 탈퇴하였다. 그 후 이런 급격한 정세는 남양군도에까지 영향을 미쳤다.

남양군도는 국제연맹의 위임통치령이었으므로 '일본 제국이 국제연맹에서 탈퇴한다면 남양군도를 다시 반환해야 하는지' 여부가 국내외에서 문제가 되었으나, 국제연맹이 남양군도의 위임통치는 계속 유효하다는 결정을 내림으로써 일단락되었다.

일본은 1914년 제1차 세계대전, 1931년 만주사변, 1937년 중일전쟁, 1941년 태평양전쟁을 치르면서 해군에서는 '위안부'를 '특용창고원(特用倉庫員)'으로 불렀다.

1920년대부터 일본해군은 '내남양(內南洋)'이라고 하는 남양군도의 주요 섬을 군사기지화 했는데, 이는 미국의 태평양 진출을 견제하기 위하여 항만, 해군기지, 비행장을 닦았고, 1930년대부터 민간기업과 준(準) 국책기업인 '남양흥발', '남흥수산', '남양석유', '동아권업', '만몽모직', '천도경편철도', '북만전기'와 '동양척식주식회사(東洋拓殖株式會社)'가 진출했다.

동양척식은 1908년 12월 18일 이토 히로부미가 설립, 조선의 경제 독점과 토지·자원의 수탈을 목적으로 대영제국의 동인도 회사를 그대로 본뜬 기관이었다. 그 후 동양척식은 국책회사를 줄여 '동척(東拓)'이라 했고, 자회사는 '남양흥발', '동아권업주식회사', '만몽모직주식회사', '천도경편철도주식회사' 등이 었는데, 동척의 설립자본금의 30%에 해당하는 국유지를 조선이 출자하여 '일본·조선' 양국의 회사였으나, 동척이 1917년 본점을 도쿄로 옮기고 나서 조선에 설립한 회사를 지점이라고 했다. 동척이 문서를 보관하던 문서고가 지금도 나주 영산포지점에 남아있다.

남양흥발이 광업과 군수공업에만 치중하게 되자 쌀 생산량이 바닥에 이르렀다. 결국은 쌀 품귀현상으로 1918년 7월 22일 '쌀폭동(魚津の米騷動·こめそうどう)'이 일어났다. 쌀값이 폭등하자 도야마 현의 '우오즈 항'에서 쌀의 염가를 요구하며 쌀가게, 부호, 경찰 등을 습격한 사건이었다. 그래서 식량수탈을 위한 '산미증식계획(1920년부터 조선을 식량공급기지로 만들기 위한 쌀 증식정책)'을 추진했으며, 식민지 개척을 위해 동척농업이민을 계획, '오단백성(지주에게 수탈당하던 일본의 소작백성)'을 조선에 이주시켜 각지에 정착케 했다. 그뿐만이 아니었다. 금융 사업을 확장하면서 조선식산은행과 더불어 경제적 착취는 물론, 농업, 토지개량, 임업까지 확장했다. 그래서 일본에서 대거 이주해 온 그 오단백성 때문에 '광주학생항일운동(光州學生抗日運動)'이 일어나게 되었다.

1929년 10월 30일 나주역에 도착한 광주 발 통학열차에서 내린 일본중학생들이, 광주여자고등보통학교 학생인 박기옥·암성금자·이광춘의 댕기머리를 잡아당기며 희롱하였다. 이를 본 광주고보생 박춘채(박기옥의 사촌동생)가 이들과 다투게 되었고,

곧 일본인 학생 50여 명 대 한국인 학생 30여 명이 편싸움으로 번졌다.

그렇지 않아도 식민 지배에 대한 강한 분노를 삭이고 있었는데, 오단백성의 지주행세와 그 자식들의 황포로 인해 식민지배에 대한 울분이 전국으로 확산된 항일투쟁이었다.

'동척(東拓)'은 동양으로 진출하여 곡물, 광물을 수탈하였고, 내남양 쪽으로는 '남양척식주식회사(南洋拓殖株式會社)'인 '남척(南拓)'이 국책사업에 투자를 했다.

1944년 징병제로 만 20세에 달한 조선인을 강제로 일본군에 입대시키고, 식민지화와 침략전쟁에 혈안이었을 때 남만주철도주식회사인 '만철'은 단순한 철도회사가 아니었다. 일본 제국주의 첨병으로, 중국 침략을 선도했고 일본제국의 싱크탱크라 불렸다. 만철은 '포츠머스조약(Treaty of Portsmouth―1905년 8월 10일 뉴햄프셔 주 포츠머스에서 열린 러일전쟁의 강화 조약)'을 체결했다.

일본은 이 조약으로 군 주둔권, 남만주 철도부설권을 양도받고 러시아의 조차지(租借地)인 랴오둥반도(遼東半島)를 인수, 관동주(關東州)를 세워 관동도독부를 두었다. 러시아는 일본의 특수 권리를 인정, 대한 제국의 외교권을 무시하고 이 조약을 체결했다. 그러나 고종황제는 이 조약이 무효라고 알리기 위해 헤이그특사까지 파견했지만 일제의 방해로 실패하였다. 다방면으로 식민 지배를 위해 혈안이 된 일본은, 선제적 외세에 대응하기 위해 철도기술을 축적하게 되었다. 패망 후에도 이를 바탕으로 1964년 세계최초의 고속열차 신칸센을 운영하게 되었다.

국책회사(國策會社)인 척식회사는 그렇게 조선을 식민지로 짓밟으며 제국주의의 개발정책을 실현했다. 이를 발판으로 일본 해군이 1939년에 남양군도에 제4함대를 설립하여 전쟁을 준비 하기 시작했다. 결국은 일본해군이 1941년 진주만 공습을 감행 하면서 태평양 전쟁이 일어났다.

일본은 이 전쟁에서 미크로네이아의 여러 섬을 잃게 되었고, 결국은 티니안 섬의 활주로에서 출격한 B−29 폭격기에 의해 원 폭우라늄탄을 맞고 항복했다. 세계 최초로 히로시마와 나가사키 에 사용된 원자폭탄은, '리틀 보이(Little Boy)'와 '팻 맨(Fat Man)' 이었다.

SAIPAN으로

이정석은 비행기가 기류를 타고 흔들려서 선잠에서 깨어났 다. 비행기가 인천공항 활주로를 벗어나면서부터 내내 아버지 를 생각하였다. 아버지를 비즈니스 석에 앉혀 모시고 가려했는 데 지난해에 돌아가셔서 혼자가게 되었다. 그렇게 빨리 건강이

악화될 줄은 몰랐다. 노인네들은 밤새 안녕이라고 늘 어르신들이 말씀을 하셨는데, 정석은 그 말뜻을 헤아리지 못했다. 살아생전 그렇게 입버릇처럼 형님 찾아 간다고 말씀하시던 남양군도를 혼자 가게 되었다.

약 4시간 20분 소요 후에 사이판 국제공항에 도착하였다. 입국절차를 마치고 집을 찾아 나오니 대기선의 사람들 속에서 '미키' 사장이 손을 흔들고 있었다. 정석도 반갑게 손을 들어 답을 했다.

인터넷으로 예약당시 사진을 본 터라 간접 일면식이 있어서 바로 알아 볼 수가 있었다. 인천 태생인 그가 이곳에서 가이드를 했었는데, 지금은 여행사를 차려 현지인을 두고 영업을 한다 하였다. 정석이 다가오자 '미키' 사장이 반갑게 손을 내밀어 악수를 청했다.

"이정석 교수님! 잘 오셨습니다. 계실 동안 불편 없게 해드리겠습니다. 그리고 이쪽은 교수님과 함께할 '켄'이고, 여기 원주민의 차모로어로 '안녕하세요?'라고 하는 인사법은, 전화 받으라는 손동작을 하듯이 주먹을 쥐고 엄지와 새끼손가락을 펴서 얼굴에 대고, '하파 아다이(Hafa Adai)'라고 하시면 됩니다."

"Hello, Nice to meet you."

"하이, 반갑습니다. 미스터 켄! 앞으로 잘 부탁해요."

도요타 SUV에 오르자 켄은 이내 하얏트 리젠시 사이판호텔로 출발하였다. 한참을 달려 호텔 정문 앞에 차를 세우고 함께 내려 호텔 로비로 들어갔다. 먼저 미키 사장이 내일의 일정을 자세히 얘기했다.

"내일 아침 9시에 켄이 이차로 이 교수님을 모시러 올 겁니다. 사이판이 한국보다 조금 더 동쪽에 위치하고 있어서 시차가 1시간 빠릅니다. 그래서 한국시간은 오전 8시가 되는 겁니다. 먼저 사이판을 전체 내려다보고 멀리 섬까지 관망할 수 있는 '타포차우산(Mt, Tapochau)'으로 갔다가 '마나가하 섬(Managaha Island)'에 갈 거니까 수영복만 챙겨 나오시면 됩니다. 그리고 다음 일정 순서를 보면, Forbidden Island, Blue Grotto, Bird Island, Banzai Cliff, Japan Army Last Command Post, Suicide Cliff(建立記), Korea Peace Memorial, paupau beach 순입니다. 그리고 마지막 Tinian으로 갑니다. 그리고 원자폭탄을 싣고 떠난 곳을 보시게 되고요. 다시 사이판 공항으로 오셔서 인천으로 귀국하시면 됩니다."

"잘 알았습니다. 내일 봅시다."

켄과 미키 사장이 가고 나서 정석은 프런트에서 체크인을 하고 룸으로 올라갔다. 캐리어 가방을 열어 간편복으로 갈아입고 커튼을 열어젖혔다. 마이크로 비치 앞의 해변이 푸르다 못해 먹물을 풀어 놓은 듯 검게 보였다. 정원의 열대정글 야자수, 히비스커스까지 머나먼 남국의 정취를 느끼게 했다. 비치에서 불어오는 바람에 키가 큰 야자나무가 파란하늘을 쓸었다.

이튿날 정석은 브렉퍼스트로 아침식사를 마치고 룸으로 올라왔다. 수영복을 가방에 넣고 로비로 내려갔다. 미키 사장이 와서 기다리고 있었다.

"좋은 아침입니다. 잘 주무셨습니까?"

"네. 미키 사장님 덕분에 잘 자고 아침도 든든히 먹었습니다. 그런데 켄은 어디 있습니까?"

"차 안에 있습니다."

"들어오라고 하지요. 로비라운지에서 커피라도 한 잔하고 가게요?"

"아닙니다. 켄은 운전을 하면서 가이드를 겸하기 때문에 별도로 신경 안 써도 괜찮습니다. 그리고 현지인들은 성격이 온순해서 부리기가 좋습니다. 이곳 사이판은 서태평양의 북마리아나제도에서 가장 큰 섬입니다. 미국 인구통계국에 따르면 2017년 인구는 52,263 명으로 면적 115.39㎢이고, 길이는 남북 22km, 동서 3~8km로 제주도(1,849㎢) 보다 약 16배 작은 섬입니다. 1521년 3월 6일 스페인의 탐험가 '훼르니란드 마젤란'에 의해 최초로 발견된 곳입니다. 오늘이 여행 첫날이라 사이판의 곳곳을 둘러보기 전에 중심부의 제일 높은 해발 473m의 '타포차우산(Mt, Tapochau)'에 오를 겁니다. 정상에 올라 한 바퀴 돌면서 시내를 관망해보십시오. 아마도 '갈릴레오 갈릴레이'의 '지동설'을 실감

하시게 될 겁니다."

"그러게요. '그래도 지구는 돈다'라고 했다는 갈릴레오의 말이 생각나네요. 그는 지구가 자전을 한다고 주장했는데, 당시 천주교에서는 신의 중심인 '천동설'을 주장한 터라 '지동설'은 신에 대한 모독이라며 재판까지 받게 됩니다. 그게 종교재판이라고 하는데, 사재단의 파워가 그렇게 막강했나요?"

"네. 중세 봉건 시대 가톨릭교회에서 지구는 우주의 중심이고, 태양과 달 등 모든 천체가 지구의 둘레를 돈다는 천동설을 발표하지만, 1543년 폴란드의 수학자이자 천문학자인 '코페르니쿠스'는 지구는 자전하며 태양의 주위를 돈다는 지동설을 발표합니다. 이후 지동설을 주장하면 이단으로 여기는데, 이탈리아의 철학자 '브루노'는 지동설을 주장하다 1600년 화형을 당하지요. 이탈리아의 천문학자이자 물리학자인 '갈릴레오 갈릴레이'도 종교재판에서, '우주가 완벽한 불변이며, 신에 있어 인간이 가장 중요한 핵심존재라고 한 기독교 지배에서, 지구가 태양의 주위를 도는 하찮은 존재라니? 하면서 이단이라 지칭하며 지동설을 언급하지 말라는 경고를 줍니다. 1632년 '두 우주 체계에 대한 대화(Dialogo dei due massimi sistemi del mondo)'를 펴내지만, 로마교황청은 발간을 금지시키며 그를 재판합니다. 결국 화형을 모면하려 천동설을 인정했는데, 1992년에서야 로마교회가 이단재판이 잘못되었다는 것을 인정합니다."

"호호! 19세에 '마녀'란 누명을 쓰고 처형(火刑)당한 프랑스의 영웅소녀 '잔 다르크'도 신앙의 정통성을 입증하는 명예회복 재판이 행하여졌고, 순국의 영웅으로 받들어졌으며, 카톨릭 교회에서도 1920년 그를 성녀의 반열에 넣었다는데, 아이러니한 게 종교의 힘이란 생각이 드네요."

백년전쟁(1337년~1453년)은 잉글랜드 왕국의 '플랜태저넷'가와 프랑스 왕국의 '발루아'가 사이에 프랑스 왕위 계승 문제를 놓고 일어난 서유럽에서 가장 넓은 땅의 왕위를 두고 두 왕조가 5대에 걸쳐 싸운 장대한 전쟁이었다.

"그리고 일정표에 따라 스노클링을 즐기시고 저녁은 일명 '군함섬'이라고 하는 '마나가하 섬'에서 하시면 됩니다. 레스토랑은 일본인이 임대하여 운영하는데 손님이 많습니다. 오늘의 일정은 이 정도로 끝내고 내일은 큰아버님의 흔적을 찾는 순서로 하겠습니다."

"저야 뭐 알아서 해주시니 편안하게 여행을 하겠습니다. 아버지의 생전에 못 다하신 일을 제가 대신 온 것이니까요. 그리고 곳곳을 둘러보기 전에 사이판의 내력에 대해서 알고 가는 것이 좋지 않을 까요?"

"네, 그렇지 않아도 요즘 들어 사이판 여행수가 부쩍 늘었습니다. 이곳은 수많은 시련을 겪은 곳으로 우리 한인들에게는 잊을 수 없는 섬입니다. 처음 스페인이 통치하다 미국에 패하면서 독일에 팔아넘긴 것을, 일본이 빼앗아 통치하다 태평양 전쟁 때 미국한테 패해서 현재 미국의 자치연방시대로 이어졌습니다."

"거 참 무척 복잡하게 돌아갔네요!"

"먼저 '스페인 통치시대(1521~1899)'를 보면, 1521년 3월 6일 포르투갈인 항해사 '페르디난드 마젤란(Ferdinand Magellan)' 이 금과 향신료를 찾아 세계를 주항하다 '괌'에 도착, 1565년에 는 '미겔 로페스 데 레가스피(Miguel López de Legazpi: 1565 년 필리핀 제도를 정복, 초대 필리핀 총독이 됨)' 장군이 괌과 북마리아나 제도를 스페인의 식민지라 선포하고, 1668년 찰스 2세가 어머니인 오스트리아 여왕 '마리아 아나(Maria Ana)'의 이름을 붙여 사용하면서, '디에고 루리스 디산 비토레스' 신부 가 식민지로 230년간(1668~1898)을 통치했습니다. 유인도는 괌 (Guam), 사이판(Saipan), 티니안(Tinian), 로타(Rota)인데, '차모 로(Chamoro)'인을 괌으로 강제 이주시키고 사이판에서 떨어져 있는 또 다른 '트럭(Truk)'이라는 '섬(central caroline islands)' 의 차모로인보다 더 검은 피부색을 띠는 원주민인 '캐롤리니안 (Carolinians)'을 사이판으로 이주시켜 목축과 농사에 종사하게 합니다. 정통 혈통은 로타섬의 원주민으로, 19세기 후반에 이르 러 추방된 차모로 원주민들을 다시 사이판에 재이주를 시킵니 다. 이 시기에 천주교가 전래되는데, 300년이 넘는 통치는 종교 뿐만 아니라 언어, 관습, 문화 등에 지대한 영향을 미쳤습니다.

그런데 1898년 미국과의 전쟁에서 괌을 빼앗기고, 항복하면서 티니안을 포함한 북마리아나 제도를 독일에게 매도하고 통치시대의 막을 내렸습니다.”

“스페인의 통치기간이 300년이나 이어졌으면 그럴 만도 하겠네요.”

“네. 다음 독일의 통치시대(1899~1914)는 ‘루돌프 본베니그센’ 총독이 원주민들에게 귀리, 코카, 야자나무 등의 재배를 장려하고, 당시 성행했던 천연두 등을 치료하며 원주민들을 보호하는 정책을 썼습니다. 야자나무를 많이 심으면 토지를 무상으로 공여하여, 케롤리니안, 차모로인들이 괌에서 사이판으로 많이 이주하였고 학교와 천주교회 등을 건설하였습니다. 당시 주춧돌인 ‘라테 스톤(Latte Stones)’을 사용하여 야자나무와 대나무로 지은 집을 사이판, 로타, 티니안에서 볼 수 있는데, 유럽에서 시작한 전쟁이 마리아나제도를 포함한 미크로네시아 전체에 영향을 미칩니다. 1914년 9월 일본은 미크로네시아에 주둔한 독일 전함들을 공격하고 통치하의 섬들을 차지하기 위하여 자국의 전함들을 급파하는데요, 독일의 극동 함대는 파간섬(사이판 북쪽의 작은, 1981년 화산폭발의 무인도)에 집결하여, 순양함(Emden)호는 영국 배들이 있는 인도양으로 떠나고, 다른 함은 남미와 독일 식민지로 보내졌기 때문에 일본이 각 섬을 저항 없이 점령했습니다. 그래서 독일은 1914년 11월 2일 15년의 짧은 통치를 마감했습니다. 그리고 '일본 통치시대(1914~1944)'는 1914년 8월 4일 영국이 독일에 선전포고를 함으로써 세계1차 대전이 일어납니다. 10월 14일 독일인을 몰아낸 일본은, 12월 8일 남양방어사령부에서 사이판이 일본군정 통치하에 들어간다고 선언하고, 사이판 '아슬리토' 공항에서 출격하여 미 해군기지인 괌의 최대항구 '아프라 항구(Apra Habor)'를 공격하여 점령합니다. '괌'은 태평양전쟁의 군사적 요충지로, 황제연합함대가 진주만, 필리핀, 홍콩, 싱가포르, 동인도까지 공격하여 세계2차 대전을 일으키고, 이듬해(1915년) 봄 미크로네시아의 경제개발 및 종전 후 영토를 일본에 귀속시키기 위한 목적으로, 많은 과학자들을 사이판에 보내게 됩니다. 그 후 일본 통치부는 병원, 학교, 부두시설이나 도로들을 건설하여 사탕수수, 귀리 등을 재배하게 됩니다. 1914년 12월 8일 연합군의 반격작전은 1943년 2월 마리아나 군도를 시작으로, 1945년 12월 1일 전투종결 때까지 주둔한 일본군 30,000여 명 중 95%가 전사. 1944년 6월 15일, 미해병이 상륙하여 군대시설 공군 활주로를 건설. 티니안 섬의 비행장에서 출발한 B-29가 8월 6일 '히로시마'와, 8월 9일 '나가사키'에 원자폭탄을 투하하여 일본이 항복하고 세계 제2차 대전은 끝납니다. 그리고 미국 통치령 시대는 나중에 가는 '만세절벽'에 가서 설명하지요."

각국의 통치시대의 내력을 듣고 미키 사장의 뒤를 따라 차에 오르자 켄이 시동을 걸면서 인사를 건넸다.

"Hi. professor!"

"Good morning. Mr Ken! 아, 하파아다이?"

"이 교수님! 혹시 켄하고 소통이 잘 안 될 때는 저한테 전화 주세요. 여기는 미국령이라 영어를 씁니다만, 켄은 한국말을 전혀 못 하지는 않지만, 단어 정도는 알아듣는데, 교수님은 일어전공이라 안심이 됩니다."

"원주민과의 소통이라 조금은 그렇지만 켄이 영어와 일어를 할 줄 안다니까."

"그러시면 No Problem입니다. 점심은 가라판 시내 한정식 집으로 안내할 겁니다. 식사 후에 켄이 스노클링 장비를 챙겨 옵니다. '마나가하 섬(Managaha Island)'에서 '패러세일링(Parasailing)' 과 '스노클링(Snorkeling)'을 즐기다 오십시오."

운전을 하면서 여행객 안내까지 하는 원주민 켄은 체격이 아주 좋았다.

"켄은 고등학교를 졸업하고 직접 운전하며 가이드를 합니다. 그렇기 때문에 사이판의 구석구석을 잘 설명해드릴 겁니다. 그리고 문의나 원하시는 곳이 있으면 켄하고 얘기하십시오. 켄이 해결할 수 없는 일이라면 아마 상의 전화를 제게 할 겁니다."

"미키 사장의 홈피 포스팅이 잘 되어있어서 좋은 결정을 한 것 같습니다. 전에는 국외여행을 주로 패키지로 갔습니다만, 이번처럼 개별 여행은 처음입니다."

"알아주시니 감사합니다. 좋은 여행이 되도록 신경 쓰겠습니다. 저는 또 다른 곳에 일이 있어서 함께 하지 못함을 이해하여 주십시오. 그럼 여기서 내리겠습니다."

미키 사장은 본인 사무실 앞에서 내리고 켄은 시내를 벗어나 언덕길을 올라갔다. 4륜구동 지프로 정글 속을 올라가는데 롤러코스터를 타는 기분이었다. 찻길이라지만, 그냥 맨땅에 길을 내어 여기저기 패인 곳이 많았다. 정글을 지나 타포차우산 정상으로 올라가다 고장 난 차 한대를 만났다. 켄은 길 한가운데에 서 있는 차를 피해 다시 올라갔다.

"저 차는 왜 언덕길에서 올라가지 않고 서있는 겁니까?"

"차가 낡아 가파르고 군데군데 패인 곳을 오르다 보니 시동이 꺼져서 못 올라가고 있네요."

켄은 정상부근에 주차를 하고 성모마리아상이 있는 곳까지 따라 올라와 사진을 찍어주고 내려갔다.

"정상까지 올라가서 한 바퀴 돌면서 내려다보면 저 멀리 주변의 섬까지 보일 겁니다. 그럼 나는 차에서 기다리고 있겠습니다. 천천히 살펴보고 내려오십시오."

켄이 내려가자 정석은 나무로 만들어 놓은 계단을 올라 정상에 도착했다. 영상을 보듯 펼쳐보이는 사이판 섬이 한눈에 들어왔다. 정석은 멀리 보이는 수평선에 손가락을 가리키면서 한 바퀴 돌아봤다. 실제로 보면 수평선이 아니라 수곡선으로 지구가 둥글다는 걸 실감할 수가 있었다. 지도상의 원, 근거리 측정 시 형도에 나타나는 등고선의, 실이나 끈 따위의 두 끝을 양쪽으로 매고 중간을 아래로 쳐지게 했을 때 이루는 게 수곡선(垂曲線) 이었다.

그렇게 크지 않은 사이판 섬의 맨 꼭대기에서 내려다보는 절경은 온통 푸른빛에 휩싸였다. 바로 아래는 건물이 밀집된 가라판 시내, 일명 산호초에 둘러싸여 떠있는 마나가하 섬, 남부의 수수페 호수, 티니안 섬, 로타 섬이 까마득하게 내려다 보였다.

정석은 한참을 조망하고 산에서 내려와 켄의 차에 올랐다. 차는 다시 정글을 내려가 가라판 시내의 이층집 한식당(청기와) 앞에서 멈췄다.

"교수님! 식사 맛있게 드십시오. 한 시경에 오겠습니다."

켄이 가고 정석은 식당 안으로 들어갔다. 홀은 식사 손님이 꽤 많았다. 식당 주위를 둘러봤다. 아직도 일본의 잔재가 벽면의 포스터까지 그득했다. 특히 일본어로 써놓은 광고가 통치령 시대로 착각할 정도였다. 웨이터에게 생 갈비와 하이네켄을 주문하여 점심을 먹었다.

켄이 시간 맞춰 와 점심 맛있게 들었냐며 출발하자고 했다. 켄이 가라판의 스마일 덕 항구로 가서 스노클링 장비와 물을 내려주었다.

"일정이 끝나면 마나가하 섬 일본인 식당에서 저녁을 드시고 배를 타고 다시 이곳으로 오시면 됩니다."

정석은 켄의 익살스런 웃음에 손을 흔들고 나서 대기 중인 여객선에 올랐다. 여객선 밑바닥은 온통 투명유리로 되어있어서 바다 밑이 훤하게 보였다. 마나가하 섬으로 가면서 격추된 일본 제로전투기(가미가제 폭격기), 열대어들의 집이 된 침몰선과 가지각색의 산호초가 잘 보였다.

여객선은 전쟁 잔해를 감상하라고 천천히 달려 마나가하 섬 선착장에 도착했다. 모터보트에서 덩치가 큰 현지인 흑인 스태프 두 명이 '이정석'이란 이름표를 들고 앉아 있었다. 정석이 손을 흔들며 다가가자 '하파 아다이'라며 인사를 해서 정석도 엄지와 새끼손가락을 펴 얼굴에 대고 '하파 아다이'라 인사를 했다. 하얀 이를 드러내 웃으며 손을 내밀어 정석을 배위로 당겼다. 정석이 올라타자 에메랄드빛 바다 위를 달리다 한가운데서 속도를 줄였다. 한 사람은 배를 운전하고 한 사람은 정석에게 한국말로, 일어나. 이거입어, 하면서 구명조끼를 건네주었다. 핸드폰을 가지고 올라가면 떨어뜨려서 안 된다며 아래에서 찍어주겠다며 달라하였다. 다시 앉아 하면서 낙하산 줄을 모아 매단 자리에 정석을 앉히고 버클을 채웠다. 그리고 줄을 서서히 풀자 낙하산은 까마득하게 펼치고 하늘을 날았다. 보트에 줄을 연결하고 즐기는 이 액티비티(Activity)는, 스태프가 바람의 방향에 따라 보트를 이리저리 운전하면서 높낮이를 조절했다. 하늘 깊숙이 빠져드는 듯 수면에서 멀어지자 멀리 마나가하 섬이 조그맣게 시야에 들어왔다. 그들에게 최고도로 올려달라 했기 때문에 제법 현기증이 일정도로 까마득했다. 한참을 비행하듯이 떠갔다. 시간이 되어 다시 낙하산은 서서히 보트로 빨려 내려갔다. 머리가 띵해왔다.

"몇 미터까지 올라갔습니까? 무척 어지럽던데."

"최고도로 한 140m는 될 겁니다. 흐흐. 마나가하 섬이 스노클링을 하기는 그만입니다. 좋은 시간 보내십시오."

"감사합니다. 아주 즐겁게 보냈습니다."

정석은 스노클링 도구 가방을 메고 배에서 내렸다. 선착장에서 환경세 5달러를 지불하고 이어진 다리를 건너서 섬으로 들어갔다. 제2차 세계대전 당시 일본군이 군사기지로 요새화했던 섬으로, 에메랄드 빛 바다 그 위에 떠 있는 작은 '군함섬'이라 하고, 둘레가 약 1.5㎞로 걸어서 15분정도 걸린다고 했다. 섬 안으로 가로질러 들어가니 해변 입구에 식당과 화장실이 있었다. 정석은 화장실을 사용하고 나와 야자나무 그늘 아래에 자리를 깔았다. 이곳은 도둑이 없다 하여 지갑과 스마트폰이 든 가방을 그대로 내려놓았다. 라이프 재킷을 입고 버클을 채운 후 오리발과 스노클을 갖고 바다로 나갔다.

해변 가에는 인명구조원이 없다고 'STRONG CURRENT' 밑에 'NO LIFEGUARDON DUTY'라고 일본어, 한국어, 중국어 다음에 원주민어를 써 놓고 또 '먹이를 주면 벌금을 물린다'고 경고하고 있었다. '세찬조류'를 무색하게 하는 경고문을 보니 왜 환경세를 받는지 이해가 갔다. 이곳은 그만큼 안전하고 편하게 즐길 수 있다는 뜻이란 생각이 들었다.

멀리 하얀 파도가 치는데 이곳까지 오지 않는 것은 산호초가 자연방파제 역할을 해서라고 켄이 스마일 덕 항구에서 미리 알려줬다. 파도가 해변까지 밀려오지 않고 넓은 백사장의 수심이 얕아 스노클링은 그만이었다. 산호초가 바닥에 깔려 더 푸르게 빛나는 사이판의 바다! 강렬하게 내리꽂는 남국의 태양이 맞닿은 산호초의 바다! 정석은 작은 열대어들에게 먹이대신 모래를 뿌렸다. 색색의 열대어가 먹이인줄 알고 몰려들었다. 정석은 평화롭게 유영을 하며 열대어와 정신없이 놀았다. 얼마를 놀았을까 슬슬 배가 고파왔다.

키 큰 야자수 그늘에 자리를 깔면
강렬하게 내리꽂는 남국의 태양이
길게 찢어진 잎 사이로 시려온다.
산호 모래가 곱게 떨쳐진 백사장 멀리
짙푸른 바다가 보석처럼 요염하게
자애, 성실, 덕망을 상징하려는 듯
사파이어를 닮아가고 있다.

멀리 하얀 포말이 밀려올 듯 일지만,
산호초에 막혀 가까이 오지를 않아
열대어를 따라 자유롭게 유영을 한다.

정석은 짐을 꾸려 짊어지고 2차대전시 일본군 요새였던 섬을 한 바퀴 돌았다. 야자열매가 떨어져시 씩을 키우고, 당시 일본군이 설치한 해안포대 포신 몇 대가 바다를 향해 녹슬어가고 있었다. 그 큰 포신 위에 앉아도 보고 포탄구멍도 들여다보고, 제2차 대전의 치열했음을 상상하면서 섬 한 바퀴를 돌았다.

10여분 바람을 맞으며 돌아보니
세계 제2차 대전당시의 잔해가
처절했음을 아프게 보여준다.
바다를 향해 서있는 대포는,
녹슬어 되잔해져가고 있는데,
태평양 작은 섬엔 평화가 자란다.
아주 먼 태곳적 이야기 인양
전장의 아픔은 망각 속에 늙고,
보이지 않는 바다 속에서는
가미가제 폭격기와 침몰선이

열대어의 안식처가 되어
전쟁의 상처를 아우르고 있다.

정석은 일본인 식당에서 Mutton Curry(양고기 카레)로 이른 저녁을 먹었다. 일본식 카레는 우리나라의 카레맛보다 조금 매운 맛이 강했다. 정석은 식당을 나와 선착장으로 가서 여객선을 기다렸다. 10여분 후에 여객선이 도착하여 스마일 덕에서 내렸다. 야자수 그늘에는 현지인들이 검은 피부의 둥근 배를 드러내 놓고 쉬고 있었다. 조금 후 켄이 왔다.

"교수님! 재미있게 놀았습니까?"

"그래요. 아주 즐거운 시간을 보냈습니다. 흐흐."

켄도 따라 웃으면서 장비를 차에 싣고 호텔로 와서 정석을 내려주었다.

"내일 아버님이 말씀하셨다는 만세절벽과 마피산 자살절벽으로 갈 겁니다. 그래서 마피산 위 '건립기'의 일본어 번역본과, 미크로네시아의 역사에 관한 자료를 전해 드리라 해서 갖고 왔으니 미리 살펴보십시오."

"켄 오늘 수고 많았어. 그리고 미키 사장한테도 고맙다고 전해주고요."

켄을 보내놓고 룸으로 올라가서 샤워를 하고 간편복으로 갈아입었다. 오래도록 스노클링을 하고 너무 이른 저녁을 먹은 탓인지 배가 출출했다. 정석은 장기투숙객에게 간단한 음식을 제공하는 서비스라운지로 내려갔다. 직원에게 룸 넘버를 대고 홀 안으로 들어갔다. 해피 아우어(Happy Hour)로 간단하게 뷔페(Buffet)로 차려놓았다. 안은 벌써 많은 투숙객이 술을 마시며 떠들어 좀 시끄러웠다. 특히 육, 칠십대 쯤 보이는 일본인들이 떠들어대는데, '타포차우산'에 대해 얘기를 하고 있었다. 정석은 BLT샌드위치와 비엔나소시지를 먹으며 그들의 얘기를 들었다.

육군 제18보병연대 '오오바 사카에' 대위가 186명(부하·민간인)과 타포차우산에서 1944년 7월서부터 저항을 벌여 '사이판의 여우'로 불렸는데, 미군 방송도 믿지 않다가 마지막 상사의 항복 권유로 1945년 12월 1일 '512일간'을 마감을 했다. 부하 46명과 항복하고 일본에서 영웅대접을 받았다. 그 후 1972년 1월 24일 괌의 동굴에서 한 병사가 발견되었다. 그는 29년을 지내다 현지 어부에게 발견된 '요꼬이 쇼이치(橫井庄一)' 중사였다. 그로 인해 세계는 또다시 경악했는데, 오히려 요꼬이 때문에 그동안 영웅대접을 받던 오오바 일행은 패배자로 지탄받게 되었다. 결국 오오바는 주위의 지탄을 견디지 못하고 가족을 데리고 하와이로 이민을 떠났다고 했다. 그들은 대단한 자부심으로 주위는 아랑곳하지 않고 시끄럽게 굴었다.

정석은 역겨워서 '에멘탈(Emmenthal)치즈'를 안주로 해서 맥주를 마셨다. 이 치즈는 스위스 에멘탈 지방에서 생산하는데, 생우유를 가열 압착하여 숙성시켜 만든 치즈였다. 숙성 때 가스가 빠지면서 구멍이 숭숭 뚫렸는데, 디저트나 백포도주와 함께 끓여 찍어먹는 '퐁뒤(Fondue)'로 많이 사용했다. 전에 TV서 스위스에서 유학한 김정은이 이 치즈를 좋아한다고 했었다. 맥주 몇 병에 거나하게 취한 정석은 룸으로 올라갔다. 켄이 주고 간 미키 사장의 인쇄물을 읽어 내려갔다.

　ー1차 대전 때 일본이 빼앗아 이름을 '음차한 사이한도(彩帆島)'라 하자 국제연맹은 일본의 위임통치령으로 승인, 군사기지화 하여 통치하다 미국에게 빼앗긴다. 미국은 미크로네시아의 다른 지역과 유엔의 조치에 따라 신탁통치를 하고, 1976년 북마리아나제도 연방 설립에 관한 협약으로, 1986년 11월 4일 레이건의 신탁통치를 마감하고, '북마리아나 제도연방(CNMI: Commonwealth of the Northern Mariana Islands)' 주민은 미국 시민권을 갖지만 외교, 국방권은 미국 관할이고 나머지 미국 자치령 안에서 주지사와 상·하의원을 선출, 법적 지위를 보장받고 인구의 1/3을 먹여 살릴 수 있는 '푸드·스템프(Food·stamp)'를 시행, 의료, 학교급식, 교육, 고령자 지원으로 지배지 영토 중 북마리아나의 원주민들은 많은 혜택을 누리고 산다.

정석은 미키 사장이 준 미크로네시아의 역사에 관한 자료를 읽다가 피곤이 밀려와 잠이 들었다.

눈가에 가느다란 빛이 어렴풋이 어른거렸다. 정석은 잠에서 깨어났다. 갑자기 눈이 시려왔다. 간밤에 커튼을 치지 않아 햇빛이 쏟아져 들어와 아침의 실내가 환했다. 기지개를 켜면서 창가로 갔다. 마이크로 비치에도 강렬한 빛이 쏟아져 푸른 바다가 온통 눈부셨고, 앞 바다에는 대형 선박이 몇 척 떠있었다.

정석은 브렉퍼스트로 아침을 들고 샤워를 하고 소주, 건과, 오징어포와 잔을 챙겨 메고 로비로 내려갔다.

로비에는 아침부터 여행지의 차를 기다리는 관광객이 많았다. 정석은 밖으로 나갔다. 높은 하늘을 쓸듯이 야자수가 바람에 일렁거렸다. 한참을 서성거리는데 SUV차 한 대가 들어왔다. 켄이 내려 정석을 향해 손가락을 펴 보이며 아침인사를 하였다.

"교수님! 하파 아다이? 어서 차에 타시죠."

"켄도 잘 잤소? 좋은 아침입니다."

"오늘은 먼저 '그로토(Blue Grotto)'로 갑니다."

"OK~! 그런데 마이크로 비치 앞바다에 대형 선박이 몇 척 떠 있던데. 그 큰 배는 아무리 봐도 상선 같지도 않고 그렇다고 군함도 아닌 것이, 항상 그곳에 정박하여 꿈쩍도 안 하고 자리를 지키는 것 같던데?"

"괌 해군기지 소속의 '보급함(Repositioning Ship)'이라고 하는 배로, 항공모함 및 미 함대가 쓸 엄청난 기름과 탄약과 같은 물자를 실어 나릅니다. 속력이 느려 전 세계 몇 군데 정박하고 조금씩 이동합니다. 그런데 재밌는 것은 태풍이나 큰 풍랑이 올 것 같으면 기지로 서둘러 이동한다는군요. 그래서 사람들은 이를 보고 풍랑이나 태풍이 올 것을 미리 알 수 있다고 합니다."

"난 또 무슨 배가 늘 해안 가까이 떠있나 했어요. 자 갑시다."

켄은 정석이 올라타자 이내 시내를 지나 정글을 달리다 길가에 주차를 하고 장비를 내렸다.

"이곳에서 스노클링을 할 겁니다. 어서 내려가시죠."

켄이 두개 기둥위의 목판에 'GROTTO'라고 새긴 홍살문 같은 입구에서 기념사진을 찍어주고 가파른 117개단을 내려갔다.

"이곳은 사이판 북부에서 동해안 사이 해식단구절벽이 가장 큰 곳으로, 세계의 다이버들이 선호하는 '해식동(海食洞)'의 다이빙 포인트입니다. 육지 쪽으로 움푹 들어간 '매독 곶(Madog Point)'의 동굴 크기는 작지만, 바다와 연결된 3곳에서 들어오는 빛이 해수면에 반사되어 신비스럽게 전체가 파랗습니다."

바다로 뛰어들기 전에 건너야 하는 물길은 물살이 거세게 몰아쳤다. 정석은 켄이 내민 손을 잡고 건너 물속으로 몸을 풍덩 날렸다. 바닷속 수중동굴 밖에서 내리 꽂는 빛이 환상적이었다. 많은 사람들 틈에서 열대어와 스노클링을 즐기다 나왔다. 정석은 배가 출출했다. 켄은 눈치가 구단인지 '유 헝그리?' 하면서 웃으며 계단을 올라 주차장으로 갔다. 차 안에서 큰 물통을 꺼내 마개를 열고 머리에 찔끔찔끔 뿌리며 장난을 쳤다. 정석의 몸에서 바닷물을 씻어 내린 켄은 의자에 큰 수건을 깔아줬다. 젖은 팬티로 인해 시트가 젖기 때문이었다. 가라판 시내로 들어가는 길에 한참 북쪽 언덕을 달려 주차장에다 주차를 했다. 정석은 켄이 안내하는 바다가 내려다보이는 전망대로 올라갔다. 절벽 쪽으로 노란글씨로 'BIRD ISLAND'라 써서 쇠사슬로 걸개에 걸어 놓은 안내판이 보였다. 절벽 위라 펜스를 쳐 놓아 아래 섬을 관망하기에 편했다. 멀리 아래에 내려다보이는 외딴 섬 같이 작은 석회암 표면에는 무수히 구멍이 나 있었다.

"이곳은 원주민어로 '이슬레타 마이고 파항(isleta maigo'fahang)' 이라고 합니다. '잠자고 있는 바다 새들의 섬(island of sleeping seabirds)'이라는 뜻인데, 낮에는 새를 관찰하기는 힘듭니다. 이유는 아침 해 뜰 무렵과 저녁 해 질 무렵에 새들이 모이기 때문입니다."

"그런데 너무 멀리 있어서 새를 구경하기 힘들 것 같아요. 그리고 자그마한 돌무덤이 따로 떨어져 나와 있어서도."

"우리가 있는 곳은 '새섬(鳥島) 전망대'입니다. 달이 뜨면 섬 주변으로 파도치는 광경이 날갯짓처럼 보여 새섬이라 합니다. 해질 무렵에는 새들이 새카맣게 돌아와 장관을 이룹니다. 그리고 지각변동으로 별도로 떨어져 나와 섬처럼 된 바위인데 구멍도 그때 난 것이고요. 달밤이면 아름다운 달빛을 띤다 해서 달맞이섬(月見島)이라고 하는데, 과거 전쟁 시 일본군들은 이곳에서 달을 보며 고국을 그리워했다 해서 '월견도'라고 불렀다합니다. 전망대 바로 아래의 맑은 바다에 득남의 상징인 거북이가 자주 나타나 관광객들에게 즐거움을 안겨주기도 합니다."

"어디를 가도 일제의 잔재가 산재해 있군! 이곳 전망대에서 내려다보이는 푸른 바다의 흰 물결이 환상적이에요."

"이곳 인근에는 세계적인 스쿠버다이빙 포인트가 있어서 많은 다이버들이 찾아오는 곳이기도 합니다."

말을 하다말고 켄이 아래 바다 위를 가리키며 자세히 보라하였다. 한참 동안을 바다표면을 주시했지만 아무 것도 발견하지 못 했다. 그러자 켄이 다시 가리킨 곳을 보니 거북이 떠 있었다.

"진짜 거북이 떠있네!"

"It is good to see turtles. Professor Lucky!"

좀처럼 사람들 눈에 띄지 않는 거북을 보게 되어 행운이라며 엄지를 배꼽에다 대고 '크르륵 크르륵' 하는 소리를 내며 약을 올렸다. 그렇지 않아도 배가고파 죽을 지경이 된 정석도 지지 않고 엄지를 아래로 내리꽂으며 'No Problem' 하자 켄은 바로 차에 올라 시동을 걸고 출발하였다. 한참을 내려가 사이판의 중심부인 시내 가라판으로 들어갔다. 중심가에는 레스토랑의 간판들이 즐비하게 들어서있었다. 켄은 컨트리하우스 건너 '모비 딕(Moby

Dick)'이라는 레스토랑에 주차를 하였다.

"이곳은 해산물요리가 유명한 식당입니다. 오후에 시간 맞춰 올 테니 천천히 식사 맛있게 하십시오."

정석은 차에 오르려는 켄을 붙들고 점심을 같이하자고 했다.

"Ken, let's have lunch with me?"

"FIRE!"

켄은 씨익 웃고 나서 미키 사장한테 이렇게 된다하면서 손바닥으로 목을 긋는 시늉을 하고 떠났다.

처음 미키를 만나 켄에게 Tip은 얼마를 주면 좋겠느냐 하니 가이드비에 포함되어있으니 주지 말라했다. 그럼 식사는 같이 할 수 없겠느냐 하니, 관광객이 조금이라도 부담을 느끼면 좋은 여행이 될 수가 없다 하였다. 그렇지만 정석은 며칠간 함께 다녀야 하는데 식사 정도는 괜찮을 거란 생각을 했었다.

사실 외국에 나가면 팁에 대해 매우 민감한 것은 사실이었다. 팁 문화에 길들여지지 않아 얼마를 어느 때 줘야 하는지 몰라 그냥 넘어가기도 했다.

88올림픽 때 외국인들이 대거 몰려올 것을 대비해서, 호텔이나 디럭스 레스토랑 등 팁이 발생될 업소에서는, 아예 봉사료(Tip) 명목으로 계산서에 10%를, 뷔페식당 같은 곳에서는 직원이 직접 서비스를 하지 않기에 5%만 받기도 했다. 그런데 이번에 봉사료를 부과하는 것이 위법이란 해석이 나왔다. 현재 봉사료를 받지 않는 곳은 몇 곳뿐이었다. 정부에서는 앞으로 모든 업소에서 봉사료를 부과하지 못하도록 하겠다고 했다.

켄이 추천한 '모비딕'은 미국의 소설가 '허먼 멜빌(Herman Melville)'이 1851년에 지은 장편소설 『백경』의 꼬리를 테마로 한 분위기가 인상적이었다. 안으로 들어가니 '시 푸드(Sea Food)' 레스토랑답게 벽면에 온통 해산물 사진이 넘쳐났다.

정석은 그많은 해산물을 보고나서 메뉴를 보았다. 그 중에서 크림소스로 요리한 '랍스터 더미도(Lobster Thermidor)'를 주문했다. 얼마 후 웨이터가 바닷가재 요리를 카트에 실고와 테이블에 내려놓았다. '파르마 치즈(Parmesan Cheese)'를 듬뿍 뿌려 '샐러맨더(Salamander)'에서 갈색으로 구워 치즈 맛의 풍미가 더했다. 정석은 맛있게 랍스터 요리를 먹고 테라스로 나가 커피를 마셨다. 오래전에 읽었던 '멜빌'의 『백경(白鯨)』을 떠올렸다.

'모비딕'이라는 머리가 흰 거대한 고래에게 한쪽 다리를 잃은 포경선 '피쿼드' 호의 선장 '에이허브(Ahab)'는, 복수심으로 백경을 찾아 대서양에서 희망봉을 돌아 인도양으로, 태평양으로 계속 항해를 하다 백경을 만나게 되는데, 3일간의 사투 끝에 작살을 명중시켰으나 고래에게 끌려가고 피쿼드 호도 침몰하고, 마지막 살아남은 젊은 선원에 의해 세상에 알려지게 된다는 내용이었다.

켄이 시간 맞춰 도착했다.

"교수님! 식사 맛있게 하셨습니까?"

"켄 덕분에 'H. 멜빌'의 장편소설에 나오는 하얀 악마 '모비딕' 은 너무 커서 못 먹고, 대신에 바닷가재 요리를 잘 먹었어요."

"이번엔 트래킹 코스의 하나인 '금단의 섬(Forbidden Island)' 으로 가겠습니다."

켄이 가다말고 시내의 편의점 앞에 차를 세웠다.

"피시 브렉퍼스트(Fish Breakfast)를 사올 테니 잠깐 계세요."

"지금이 오후인데 물고기에게 아침밥을 주려한다니?"

켄이 잠시 후 조그만 물건을 들고 나왔다. 섬에 가서 오늘 처음 주는 아침밥이라 하였다. 그리고 도착하자 목장갑을 주고 앞서 가파른 언덕을 내려갔다. 곳곳이 밧줄을 잡고 내려가야 하는 해안 단구의 절벽이 매우 가팔랐다.

"여기는 사람의 발자취조차도 신이 거부한다 해서 금단의 섬이라 하는데, 원주민조차도 경외시하는 곳이기도 합니다."

"그러게. 첨에 왜 장갑을 주나 했는데 무척 험하네."

험한 비탈을 밧줄을 잡고 내려가 켄이 갖고 간 물고기 밥을 꺼내들었다. 물살이 바위 틈새로 시냇물처럼 잔잔하게 흘렀다. 켄이 그곳에 먹이를 뿌렸다. 그러자 다른 곳에서 볼 수 없었던 형형색색의 열대어들이 모여들었다. 한참을 고기에게 먹이를 준 켄을 따라 큰 바위 쪽으로 갔다. 바위와 바위 사이로 파도가 일면 금세 엄청난 물이 휘몰아쳤다. 강에서 급류가 솟구치는 듯했다.

정석은 가다말고 멈칫 섰다.

"조심하셔야 합니다. 물 가까이 가지 말고 이리로 떨어져 걸으세요. 전에 이곳에서 대학생 한국관광객이 급류에 휩쓸려 사망한 곳입니다."

"그러게. 물살이 장난이 아니네. 바다에서 무슨 급류가 큰 강물의 급류처럼 쓸려가듯 해서 기분이 섬뜩하네."

거친 물결을 옆으로 하고, 작은 숨겨진 동굴이라는 '히든 카브(Hidden Cave)'에 들어갔다. 입구 반대로 난 구멍바깥에도 스노클링 장소라 했지만 나가보지는 못 했다. 오다가 만난 급류가 생각나서 동굴 밖으로 나갈 엄두가 나지 않았다. 동굴 안에서도 수영이 가능하여 한참을 놀다 밖으로 나와 다시 비탈을 올라갔다. 차에 오르자 켄이 출발했다.

"나는 바닷물이 그렇게 세차게 흐르는 곳은 처음 봤어요. 금방 빨려 들어갈 것 같이."

"금단의 섬이라 가까이 하려고들 안 해요. 이제 최북단에 있는 '반자이 클리프(Banzai Cliff)'로 갈 겁니다. 만세절벽에서부터 북동쪽 마피산 쪽으로 '일본군 최후 사령부(Japan Army Last Command Post)'와 '자살절벽(Suicide Cliff)' 그리고 '태평양한국인추념평화탑(太平洋韓國人追念平和塔)' 있는데 그곳이 key point가 되겠습니다."

"oh, Nice guy Mr Ken!"

켄이 또 익살을 부리고 차에 올라 시동을 걸었다. 한참 북쪽으로 달려 주차장에 주차를 하고 정석을 만세절벽으로 안내했다. 노란색으로 'WELCOME TO BANZAI CLIFF'라고 써서 쇠사슬로 걸어놓은 안내판이 보였다. 절벽 위에는 많은 관광객들이 바다를 등지고 사진을 찍고, 한 무리는 바다에 떨어지지 않도록 친 펜스를 잡고 내려다보고 있었다. 낭떠러지 아래의 바다는 시퍼렇다 못해 음침하게 보였다. 그런데 또 한곳에 'バンザイ クリフ'란 안내판도 보여 정석이 켄에게 물었다.

"반자이는 일본의 '만세(万歳)'인데 어떻게 된 겁니까? 혹시 일본의 입김이 적용한 것 아닌가요?"

"이곳은 북마리아나 정부에서 정식으로, '푼탄 사바네타(차모로어-Puntan Sabaneta)란 명칭을 사용했는데, '작은 초원'이라는 뜻이랍니다. 그리고 미국령이라 일본의 만세(万歳)와 영어의 절벽(Cliff)의 혼음을 사용하는데, 잘은 모르겠지만 그럴지도 모르지요."

"전쟁에 패하고도 이곳에 명분을 남겨놓는군!"

정석은 미처 생각지도 못한 그들의 만행을 현장에서 보며 허탈감을 느꼈다. 정석이 한참을 침묵하자 켄이 다시 설명을 했다.

"이곳은 '사바네타 곶'과 '라구아 카탄 곶' 사이에 있는 깎아지른 절벽으로 사이판의 최북단입니다. 이곳에서 영화 '빠삐용(Papillon)'을 찍은 곳으로, 80m의 아래 파도가 바위에 부딪혀 하얀 포말을 일으키는 장면은 명장면입니다."

"헐! 이곳이?'스티브 맥퀸'이 자유를 찾아 탈출하는 마지막 장면과, 남아서 그를 보내는 '더스틴 호프만'의 쓸쓸한 표정이 지금도 선합니다."

"그리고 태평양 서쪽 끝의 '비티아즈 해연(Vityaz-海淵)'으로, 세계에서 가장 깊은 '마리아나 해구(Mariana trench)'입니다. 1960년 트리에스테호가 10,911미터까지 내려갔다는 곳인데, 후에 러시아의 비티아즈 탐사선이 비공식적으로 기록한 깊이가 11,035m로 참으로 놀랍지 않습니까? 8,848m 에베레스트 산을 거꾸로 세워도 2,000미터가 모자라니 이해가 되시겠지요. 더군다나 유명한 스쿠버 다이버들은 이곳을 '밀리언 달러 홀(Million Dollar Hole)'이라고도 한다지요. 아마도 2차 대전 직후 미군이 군수물자를 수장시켰다는 이유라는 말도 있습니다."

"지구상에서 가장 깊은 곳이라니 정말 놀랍네요. 사이판의 이곳 2차 대전의 최대 접전지역이었다니 당시엔 얼마나 치열했었는지 상상이 안 가네요."

"1944년 6월 11일~7월 9일까지의 사이판전쟁에서, 미 해병이 'LVT(수륙 양용 장갑차-Landing Vehicle Tracked)'로 상륙하자, 일본 병사와 민간인이 어린아이를 바다로 던지고 다음에 어머니, 마지막 가장이 두 팔을 들고 '대일본제국 만세(大日本帝国 万歳-다이닛폰데이코쿠 반자이)', '천황 폐하 만세(天皇陛

下 万歳 — 덴노헤이카 반자이)'를 외쳐 '만세절벽'이라 한 곳입니다. 군인에게 자결을 종용했던 총리대신 '도조 히데키'도 민간에게 내린 천황의 칙명은 너무 잔인해서 미루다 발표했는데, '항복할 경우 살려주겠다'는 미군의 방송도 소용이 없었습니다. 군인에게 '포로의 치욕을 당하지 말고 자결하라.' 민간인에게는, '전사자와 같은 예우와 명예를 부여한다'는 칙명을 보류했으나, 왕명이 방송으로 군 지휘부에 전달되어 왕명이 아니라 의심했는데, 나중에 옥새가 찍힌 명령서를 받고서야 옥쇄(玉碎 — 옥처럼 아름답게 부서진다는 뜻으로, 명예나 충절을 위해 깨끗이 죽음)를 하게 되었습니다."

"그럼 이곳에서도 징용으로 끌려 온 한국인들도 전쟁터에서 희생되었겠네요?"

"네, 그렇지요. 사이판 전투로 인해 희생자는 일본군(민간인)만이 아닌, 한국인 포함해서 약 55,000명 이상과 미군이 약 3,500명 이상, 차모로 인이 약 900명 이상이라 집계됐는데요, 당시 워낙 많이 뛰어내려서 미군 고속정이 수습하는데 애를 먹었다는 곳이기도 합니다."

"얼마나 많은 사람이 한꺼번에 만세를 부르며 뛰어내렸기에. 일본 놈들이야 '덴노헤이카 반자이'라 했겠지만, 우리 국민은 억울하게 떠밀려서…."

관광객들이 펜스를 짚고 아래 절벽을 내려다보면서 탄성을 질

렀다. 검고 음침스러운 바다가 절벽을 때리자 바위가 떨어지라
흰 포말이 일었다. 많은 한국인 노동자들도 희생되었다는 켄의
말에 눈을 감았다. 큰아버지도 이곳인가 다른 곳에서 죽임을 당
했을 텐데, 하면서 한참 동안 고개를 숙여 묵념을 했다. 켄은 '사
이판평화관음(サイパン平和觀音)' 상이라 쓴 관음상 앞으로 가
서 손짓을 했다. 정석이 다가가자 사진을 찍으며 징용자들에 대
한 이야기를 들려줬다.

"당시 징용당한 한국인 노동자들이 사탕수수밭에서, 비행장
에서 일을 하다 징병되어 싸우다 여기와 자살절벽에서 떠밀려
바다로 떨어졌다고 들었습니다."

정석은 큰아버지도 전투에 투입되어 이곳이나 자살절벽에서
떨어졌을 거란 추측을 했다. 한참 동안 눈을 감고 골똘히 생각에
잠겨있다 켄이 불러서 눈을 떴다.

"교수님! 무슨 생각을 그리하십니까? 불러도 듣지를 못하고."

켄이 다시 차에 올랐다. '만세절벽'을 뒤로하고 마피산으로 길
게 뻗은 반자이 클리프 로드를 달렸다. 마피산 아래의 한적한 곳
으로 가서 주차를 했다. 뒤로는 높은 마피산의 절벽이 험악한 모
습으로 병풍처럼 둘러쳐있었다. 그 아래의 평평한 잔디밭에는
무기들이 녹슬어있었다.

"이곳은 마피산의 자살절벽 아래에 설치한 '일본군 최후 사령
부(Japan Army Last Command Post)'로, 절벽의 천연동굴을 콘

크리트로 조성한 토치카입니다. 그래서 밖에서는 전혀 요새처럼 보이지 않아 끝까지 항거할 수 있었는데, 지금 보이는 이곳의 잔해들은 75mm와 105mm의 야포들입니다. 녹슨 이 포차와 탱크 잔해는 미군의 폭격에 부서진 것들입니다. 토치카의 벽면을 보십시오. 군데군데 패인 자국이 보이지요?"

"폭격에 의해 패인 것 아닌가요? 그리고 포신들도 다 바다를 향해 놓여있고요."

"네, 그렇습니다. 전투가 얼마나 치열했었는지 알겠지요? 결국은 1944년 7월 5일 함대를 잃고 이곳에서 해군 육전대를 이끌던 해군중장 '나구모 주이치' 제독이 권총으로 자살하자 그 뒤를 이어 사이판 방어 책임자였던 육군 '요시츄고 사이토' 장군이 7일 부하들에게 천황폐하를 위해 할복(Harakiri)을 명령하고 자신도 할복했습니다. 그래서 만세절벽과, 자살절벽에서 천황의 명을 받들어 '옥쇄'를 한 겁니다."

일본군 최후의 사령부에 대해 설명을 한 켄이 차에 올라 반자이 클리프 미들 로드를 달렸다. 토치카 벼랑 위의 깎아지른 듯 높은 마피산 허리를 돌아 정상에 도착했다. 켄이 주차를 하고 함께 '자살절벽(Suicide Cliff)'으로 올라갔다. 절벽 주위에는 굵은 쇠파이프 펜스가 쳐져있었다. 펜스를 잡고 내려다 봐도 숲이 우거져 아래는 보이지가 않았다. 숲속에서 들리는 바람소리만 우우하며 무섭게 들려왔다.

"여기가 바로 250미터 아래로 뛰어내린 자살절벽(Suicide Cliff)으로, 현지명은 '라데란 바나데로(자살절벽)'입니다. 아까 본 'Banzai Cliff(만세절벽)'에서는 일반인과 군인이 뛰어 내리는 동안, 이곳에서는 주로 장교들이 뛰어 내렸는데요, 아래 바위에 떨어진 시체로 인해 살아난 사람도 생겨났다는 군요."

절벽주위에는 선인장이 자라고 있었다. 가시가 돋아있는 잎에는, 다국적 관광객이 새겨놓은 영문 이니셜이 아픔을 더해주고 있었다. 글자 하나하나 새겨놓은 뜻은 다녀간 표적을 남겨놓기보다는, 전쟁의 제물이 된 영령들을 기리는 뜻이 아닐까 싶었다. 중국인이 새긴 글인 듯싶기도 한 한자도 있지만, 한국인이 새긴 '민기', '진한'이란 글자도 오롯이 세월 속에서 허물을 벗어가고 있었다. 그것은 글자로 인한 잎의 상처를 벗겨내기라도 하듯, 뱀허물 벗듯이 얇은 막들이 벗겨지고 있었다.

켄이 사진을 찍어주고 나서 따라오라고 손짓을 했다. 켄이 검은 대리석으로 세워 놓은 비석 앞에서 정석을 바투 바라보며 비석을 손으로 가리켰다.

"이 교수님이 미키 사장한테 부탁한 곳이 바로 이 비를 말씀하신 겁니다. 제가 야전용 자리를 깔아드릴 테니 준비해온 거 있으면 이곳에 내놓으십시오."

켄이 조그마한 야외용 자리를 비석 앞에다 깔아놓고 몇 걸음 뒤로 물러났다. 세로로 우측에서 좌로 새겨놓은 비를 보니 아버지가 말씀하시던 그 추모비였다. 정석은 아버지 생각이 나서 가슴이 울컥했다. 형님을 그리며 그렇게 보고 싶어 하셨는데 이 비를 못보고 가셨으니 애통할 따름이었다. 정석은 켄이 깔아놓은 자리 위에 준비해온 주과포(酒果脯)를 놓았다. 종이컵에 소주를 가득 따라놓고 절을 하고 나서 두 손을 모았다.

"큰아버지. 아버지는 지난해에 돌아가셔서 제가 혼자 왔습니다. 늦게 찾아와서 죄송합니다. 남양군도의 먼 곳에 오셔서 노역으로 고생하시다 남의 나라를 위해 전장에서 싸우셨고, 억지로 끌려와서 죽임을 당하시고…."

정석은 말을 잇지 못하고 한참을 그대로 서서 고개를 들지 못했다. 두 눈에서 눈물이 흘러내렸다. 중노동도 억울한데 총 들고 남의 나라를 위해 싸우다 억지로 끌려와 절벽으로 떠밀려지고. 정석은 술을 비석 옆의 큰 나무에 뿌리고 다시 술을 따르고 절을 올렸다. 켄도 우리나라의 풍습을 알고 옆에 서서 묵묵히 보고 있었다. 다시 술과 과포를 뿌리고 잔에 따라 음복하고 미키 사장이 보내준 자료를 펼쳐들었다.

이 건립기도 일본에 의한 비문으로, 곳곳에서 전쟁을 치르면서 많은 조선인을 징용, 징병, 여자정신대로 끌고 와 혹사, 전쟁터로 내몰아 죽였는데, 이 절벽에 '건립기'라는 것을 세우며 조선인은 언급조차 없었다. 그런데 왜 한국정부에서는 이렇게 은폐하도록 내버려뒀는지 이해할 수가 없었다. 건립기에는, 희생자는 미크로네시아와 일본의 일반시민, 미국과 일본의 군인, 군족 등, 수만 명에 달했다 했는데, 이곳에서도 철저히 은폐를 하고 있었다. 자살절벽 위의 건립기에 대해서 왜 아버지가 그토록 보고 싶어 하셨는지 이제 이해가 갔다.

추모비에 적은 건립기 전문은 이러했다.

建立記

この慰靈像は，日本の委任統治領時代に，ここに住んでいた人々によって發起され，アメリカ信託統治領政府の贊同を得，ミクロネシアと日本の人々の協力によってできあがなました。

このあたり一帯は，太平洋戰爭の際，最も激しい戰場となりその犠牲者はミクロネシアと日本の一般市民，アメリカと日本の軍人，軍屬など，數万人に達しました。

この像は，國籍のいかんを問わず，なくなられた方々の靈を慰め，この世に再びおろかで悲慘な戰爭が起こりませんように永遠の平和を祈願するためのものであります。

一九七二年一月二十二日
南洋群島物故者慰靈像建設會
會長 栗林德一
アメリカ信託統治領政府
長官 エドワード・E・ジョンストン
マリアナ地域
支庁長 フランシスコ・C・アダ

"어디를 봐도 한국인에 대한 위령문구는 없고 오직 미크로네시아와 일본의 일반시민, 미국과 일본의 군인, 군족 등이라 했는데, 아주 야만족속이 따로 없어요. 이 문제에 대해서 켄은 어떻게 생각해요?"

"저의 선조들도 억울하게 많이 희생되었습니다. 그래서 교수

님의 심정을 이해합니다. 다음에 갈 곳의 마피산 아래 평화탑을
건립할 때 일본의 반발이 심했다 들었습니다. 그곳에 가보시면
이해가 가실 겁니다."

정석은 어이가 없어하면서 눈을 감고 마음을 진정시키려고 애
를 썼다. 켄이 다가와서 평화탑으로 가자고 하였다. 정석은 자리
를 걷어 켄에게 건네고 빈 술병과 잔을 가방에 넣고 차에 올랐다.
마피산을 내려가 아래 '태평양 한국인 위령 평화탑(Korea Peace
Memorial)'으로 갔다.

"이곳은 사이판에서 조선인 노동자(징병)와 정신대(위안부)
의 흔적을 공식적으로 남겨놓은 곳으로, 북쪽 해안도로와 마피

산 인근에 위치해 있습니다. 세계 제2차 대전당시 미크로네시아에서 희생된 한국인의 넋을 위로하기 위해서인데, '해외희생동포추념사업회'와 '사이판한인회'가 1981년에 세웠습니다. 당시 평화의 탑을 세울 때 일본이 반발했다는 곳입니다."

"알만합니다. 그들이 세운 건립기에는 조선인이란 문구는 일언반구도 하지 않았으니, 제국주의의 만행이 세상에 알려지는 것을 막으려 했었겠지요."

"우리 원주민이라고 예외는 아닙니다. 그들의 위임통치령시대라는 허울 좋은 명목으로 식민지화 했으니까요. 그런데, 2005년 '아키히토' 일왕이 사이판을 방문하려하자 한국교민들이 '한국인위령평화탑'에 묵념할 것을 요구하여 방문이 이뤄졌다고 합니다. 이곳에서의 한국인 교민들의 파워가 대단합니다. 제가 알기로는 세금도 많이 내는 것으로 아는데, 그만큼 소득수준이 높다는 거겠지요."

켄이 한국교민의 실생활에 대해 얘기를 하고 옆의 비를 가리키며 읽어보라 했다. 정석은 평화 탑 앞쪽에 놓인 비에 새겨놓은 평화탑 '건립취지'와 '추념사업목적'을 읽어 내려갔다.

〈건립취지: 1905년 한국의 주권을 일본제국에 빼앗기고 한국의 젊은 남녀들이 한민족을 대신하여 징병·징용 여자정신대라는 명목으로 200만 명이 태평양 여러 곳으로 끌려가 처참하게 혹사당하다가 억울하게 희생된 한 맺힌 동포영령들을 위령하기 위

해 1975년부터 추념 사업을 추진해오다가 역사의 자성 평화애호의 상징으로 건립한 것이다.〉

〈추념사업목적: 일본 제국이 한국을 침략하고 제2차 세계대전 때 저지른 피해에 대한 진상을 조사해 과거사를 자성복원하고 민족 자존자주 자립을 다지고 지구촌화를 실천하는 범민족운동이자 범인류 평화애호운동이다.〉

여행자들이 평화탑에 담긴 사연들을 알고 너무도 마음이 아파 귀국한 뒤 뜻을 모아 추모비를 제작, 한국에서 보내온 것들이라고 했다.

일제에 의해 억울하게 희생당한 영령들을 추모하기 위해 1981년 '해외 희생동포 추념사업회'가 한국을 향해 세운 탑은, 2개의 사자상이 호위하고 앞에는 성조기와 태극기 그리고 'CNMI(북마리아나 제도연방:Commonwealth of the Northern Mariana Islands)'의 국기가 펄럭였다. 그리고 탑에는 세로로 '太平洋韓國人追念平和塔'이라 새겨있는데, 1986년 10월 1일 해외희생동포추념사업회와 사이판 한인회에서 세운 추모비로, '태평양 한국인 위령평화탑 건립기'라 새겨, 고인들의 조국인 대한민국을 정면으로 향해 세워놓았다.

전문을 다 읽고 난 정석은 고개를 끄덕이며 한참을 생각에 잠겼다.

"건립취지와 추념사업목적을 읽어보니 그들이 심하게 반대했던 이유를 알겠습니다."

정석은 제단에 술을 올리고 절을 하였다. '큰아버지 이곳에서 고이 잠드세요.' 제단 아래에 술을 붓고 빈병과 잔을 챙겨 가방에 넣자 켄이 또 양 옆을 손으로 가리키며 가보라 했다.

왼쪽에는 '동부화재해상보험주식회사'의 '그리운 고향', '대구 대학', '걸스카우트 대구연맹', '한국빅토리 연예인 축구단', '중앙일보사─삼성물산', 그중 '가신님들 그리워'와 '동부화재 2004 연도상 참가단 일동'이 세운 비문 글이 너무 애잔스러워서 마음이 찡해왔다. 아마 아버지가 오셔서 이 글을 보셨다면 많이 우셨을 거란 생각을 하면서 한동안 비석 앞을 떠나지 못했다.

가신님들 그리어
막막한 태평양의 외딴 섬이여
머나 먼 고향 하늘 바라보면서
망향의 슬픈 가슴 어루만지다
처량하게 가신님들 기억 하는가

몹쓸 전쟁 고된 삶에 시달리다가
여기서 숨 거두신 우리 님들의
피맺힌 원한을 헤아리면서
우리 정성 모두어 이 섬 기슭에

추모의 돌탑 하나 다시 세우니
님이여 이 자락에 늘 계시면서
우리들의 사랑을 되새기소서
이천육년 삼월 초하루 한국사랑 김동길 적음

　이곳은 조선인들의 넋을 기리기 위한 추념공원이었다. 그 외에도 여러 곳에 비운에 가신 영령들을 기리는 글을 적어놓았다.

남의 것 빼앗은 적 없는 어진 민족의 영혼들이
원치 않는 전쟁에 떠밀려
돌아오지 못할 땅에 뿌려지다
응어리 진 한은 켜켜이 산호로 쌓이고
서러운 넋은 순백 포말로 남아…아! SAIPAN!
여섯 순년의 세월이 지나
칠천 오백 리 어머니 땅에서 온 후예들이
추념의 뜻을 모아 돌을 세우다.
2005년 3월 18일 동부화재 2004 연도상 참가단 일동

　"이곳은 한국의 동부화재보험회사 설계사 중 실적이 높아 연

도상을 받은 참가자들로, 서로 합심하여 정성스레 뜻을 모아 세운 비입니다. 오늘의 일정은 여기까지입니다. 교수님이 찾고자 한 곳은 다 둘러본 것 같습니다만, 어떠셨는지요?"

"내가 안타까운 건 아버지가 조금만이라도 병세가 호전되셨더라면 모시고 왔을 텐데. 너무 가슴이 아프네요."

"그럴 테죠. 그래도 이곳까지 와서 큰아버지께 술이라도 따라드렸으니 아버지께서도 마음이 편하실 겁니다."

"고맙소. 켄! 국적은 다르지만, 같은 수모를 당한 국민의 마음으로 위로해주니 정말 고마울 따름이오. 이곳 해외희생동포추념사업회와 사이판 한인회에서 세운 추모비를 보니 대전당시의 이곳 사이판의 실상을 알겠습니다. 여러모로 켄 덕분에 좋은 여행을 했어요. 그동안 곁에서 친절하게 대해준데 대해 대한민국의 국민 한사람으로서 경의를 표합니다. 원주민인 차모로인과 캐롤라인 인들에게 말입니다."

"오늘은 홀가분하게 마지막 밤의 엑티비티가 남아있으니 호텔에 가서 잠시 쉬시면 해질녘에 다시 오겠습니다. 비치에 가서 저녁 바비큐 파티를 하겠습니다."

사이판에서의 마지막 밤은 야간 산호탐방 및 바비큐 파티를 하자며 켄이 호텔로 데려다 주고 다시 오겠다며 떠났다.

정석은 룸으로 올라가 샤워를 마치고 잠시 누웠다가 잠이 들었다. 시계를 보니 켄이 데리러 올 시간이었다. 정석은 수영복과

아쿠아슈즈를 가방에 넣고 로비로 내려갔다. 켄이 벌써 로비에서 기다리고 있다가 정석을 보자 손을 흔들었다.

"교수님! 많이 피곤해보입니다."

"어 켄! 많이 기다렸는가 봐? 내가 잠시 누웠다가 그만 잠이 들어버렸어."

켄이 앞서나가 자동차 시동을 걸었다. 정석이 올라타자 이내 시내로 차를 몰았다. 한참 만에 동북부에 위치한 '파우파우 비치 (paupau beach)'로 갔다. 이미 미키 사장이 바닷가 한적한 곳에다 차를 대놓고 기다리고 있었다. 짐칸 위에 각종 열대과일을 준비해놓았다. 파인애플, 사과, 오랜지, 구아바, 포도, 파파야, 바나나, 망고, 스타푸르츠 외에 열대과일을 총 출동시킨 것 같았다. 미키 사장이 하나하나 맛을 보라면서 저녁 일정을 알려 줬다.

"이곳 비치 파우파우는 차모로어로 '향기롭다'라는 뜻입니다. 여기 열대과일을 드시고 좀 기다리면 오늘의 스태프들이 올 겁니다. 같이 산호초 야간 스노클링을 합니다."

"좀 이색적이라 벌써부터 흥분이 됩니다."

"사실 물고기들이 밤에는 활동이 느려져서 훨씬 가까이서 볼 수 있는데, 낮에는 숨어 있다가 밤에만 활동하는 물고기들도 볼 수 있고요. 그리고 스노클링하면서 올려다보면 밤하늘이 환상적으로 다가올 겁니다."

열대 과일을 맛있게 먹고 낙조의 해변을 걸어보면서 하늘을 올려다봤다. 저물어가는 해가 온통 서치라이트를 비추듯 눈부셔 눈물이 날 정도였다. 마지막 정열을 한꺼번에 토해내듯 강렬했다. 어둠이 하얀 구름 속으로 검게 스며들자, 햇살은 더욱 더 화려한 불꽃으로 이글거렸다. 전신을 다 불살라 검은 구름 속을 밝히며 하늘을 뒤덮었다. 달은 서서히 떠오르면서 조용한 밤을 이어가고 있었다. 하늘과 바다의 경계선이 모호할 만큼 짙푸른 빛깔로 어우러져서 한 폭의 수채화 같았다. 낙조의 이글거리는 태양이 황홀하다 못해 두 눈이 멀어버릴 것 같았다. 정신이 몽롱하여 스치는 바람에도 휘청거렸다. 낙조의 이글거리는 태양을 등지고 펄쩍 뛰어올랐다. 켄이 공중부양 사진을 몇 컷 찍었다.

사이판의 밤하늘!
별은 짙푸른 바다 속의 조개같이 빛나고,
태평양 바다 위를 스쳐가듯 흐르는 달은
조명등처럼 내려와 물결에 머무르면서
물고기 비늘처럼 유난히도 반짝거린다.

얼마 후에 네 명의 검은 피부색을 가진 현지인들이 아예 구명재킷(life vest)을 입고 면장갑에다 방수 손전등을 들고 왔다. 다들 미키 사장이 고용한 현지 가이드라며 한 사람 한 사람 소개를 했다. 인사를 건네고 나서 정석도 스노클링 세트를 착용하였다. 산호초에 다치지 않게 스킨슈즈를 신었다. 방수손전등을 들고 미키 사장을 따라나섰다. 물고기를 잡는 스태프들을 따라다니면서 야영을 즐기다 밖으로 나왔다.

"바다에 해삼처럼 생긴 것이 많던데 왜 안 잡아 왔습니까?"

"그 검은 해삼은 못 먹습니다. 그래서 잡지를 않아 곳곳에 많이 서식합니다."

현지 가이드들이 방수손전등을 비춰 잡아온 물고기와 삼겹살을 구워 맥주를 마셨다. 맥주는 도수가 거의 없는 것 같은 맹탕이었다.

"맥주가 너무 싱거워서 어디 간에 기별이나 가겠습니까? 다른 술은 없어요?"

켄이 소주병을 높이 들고 '건배' 하고나서 따라주는데 그것도 도수가 거의 없는 거였다. 정석을 보고 미키 사장이 웃으며 차 안에 들어가서 진짜 한국 소주를 한 병 내왔다.

"이곳은 열대지방이라 도수가 높은 술은 잘 안 마시기 때문에. 특별히 이 교수님 때문에 한 병을 준비해왔습니다."

"너무 고마워서 눈물이 다 날라 그럽니다. 흐 흐."

"소주를 준비 안 해왔으면 울 뻔했습니다. ㅋ."

마지막 날 야간 강행군은 이렇게 보내면서 정석은 내일 답사할 '티니안'에 대해 궁금하여 미키 사장한테 물었다.

"내일 답사하는 '티니안'은 제2차 대전을 끝내는 마지막 요새였던 터라 기대되네요. 하고이 비행장의 핵폭탄 저장고도 궁금하고요."

"네, 첫째로 사이판을 얻음으로써 일본 항공모함의 비행함대가 제거되어 티니안을 점령, 일본의 동경을 직접 칠 수 있는 '플랫폼(Platform)'을 만들게 되었습니다. 그래서 미국잠수함들이 동경만 1,200마일 이내에 다시 연료주입 재무장할 수 있게 되었습니다. 티니안을 얻음으로 본토가 직접사정권에 들게 되어 원폭투하가 가능했던 것이고, 사이판의 '아슬리토' 비행장에서는 B-29로 일본의 본토를 폭격합니다. 그러나 일본은 항전을 계속합니다. 미국은 마지막 카드로 원폭을 터뜨려 결국은 호전적(好戰的)인 일본정부의 내각이 총사퇴하게 됩니다."

"그렇군요. 사이판의 아슬리토 비행장에서는 일본 본토를 폭격하고, 티니안의 '하고이(노스필드)' 비행장에서는 핵폭탄으로 공격하고요."

"네. 1937년 7월 7일 중일 전쟁 이후 일본은 동남아시아로 세력을 확장하자, 제국주의 열강들이 우려한 나머지 제동을 걸게됩니다. 그것이 바로 1941년 미국이 일본의 경제제재와 '석유 금수조치(禁輸措置-embargo)'를 내렸기 때문입니다. 가만히 당하고만 있을 일본이 아니지요. 이에 반발하여 1939년의 미일 통상 조약을 파기하고 일본항공대가 아슬리토 공항에서 출격하지요. 미국의 괌 해군 기지 'Apra Harbor'를 공격하고, 황제연합함대는 진주만을 공격해서 세계2차 대전이 일어나게 됩니다,

"그때 가미가제 특공대라면서 우리나라 국민도 징용되어 개죽음을 당했지요."

"네. 그래서 미국은 일본이 점령한 중국의 만주일대를 소련에게 요청하게 됩니다. 미군이 괌을 탈환하고 사이판을 접수합니다. 그리고 아슬리토 활주로에서 B−29의 고고도 폭격기를 발진합니다."

"B−29위용을 보니 미국의 18대 합동참모의장 '마틴 뎀프시'의 연설문이 생각납니다. 2014년 호주의 Brisbane에서 개최된 G20회의에서 그가 단상에서 '미국을 상대하고 싶은가? 10개의 핵항모전단을, 20개의 스텔스핵폭격기를, 7,000개의 핵미사일을, 핵미사일방어시스템, 이지스함, GBI, 인공위성 무기를 막아낼 수 있는가?' 그 외에도 많은데, '만약 너의 대답이 No, 라면 '신(神) 부터 이기고 와라. 그렇지 못 하면 미국의 친구가 되어라'라고 했는데 시진핑과 푸틴은 연설 내내 고개를 들지 못했답니다."

정석의 말이 끝나자 미키 사장이 다시 하던 말을 이어갔다.

"에놀라 게이(Enola Gay)와 벅스카(Bock's Car)가 '리틀 보이(Little Boy)'와 '팻 맨(Fat Man)'을 싣고 이륙한 티니안의 노스필드 비행장에 가면, 현지가이드한테서 자세한 설명을 들을 수

가 있을 겁니다."

　마지막 야간 산호탐방 및 바비큐 파티를 끝내고 켄이 호텔로
데려다 주고 갔다. 정석은 '太平洋韓國人追念平和塔' 주변에 세
긴 추모의 글들이 자꾸 떠올랐다. 맨 정신으로는 도저히 잠을 이
룰 수가 없어 샤워를 하고 라운지로 내려갔다. 라운지에는 많은
사람들이 술을 마시면서 떠들어댔다. 옆자리의 일본인들이 코맹
맹이 소리를 냈다. 말끝마다 '아노(あの)－저', '아노네(あのね)
－저어 말이야' 하면서 다시 시끄럽게 말을 이었다.

　저들이 하는 말속에는 아직도 우월주의가 팽배해 제국주의
의 향수에서 헤어나지 못하고 있는 것만 같았다. 정석은 비치
에서 마신 소주로 인해 약간의 취기가 돌았다. 스페니쉬 오믈렛
(Spanish Omelet)과 나초 치즈(nacho cheese)로 스카치위스키
를 마셨다. 몇 잔을 마신 정석은 룸으로 올라갔다. 미키가 준 인
쇄물을 읽다 취기가 올라 잠이 들었다.

　아침이 밝았다. 커튼을 열어젖혔다. 마침 마이크로 비치 앞바
다에서 하루의 시작을 열어가고 있었다. 떠오르는 햇살은 일렁
이는 해수면에 부딪쳐 눈부시게 눈을 찔렀다. 정석은 한식으로
아침을 먹고 티니안으로 가기위해 짐을 꾸렸다.

　아침에 마지막으로 공항까지 바래다주기 위해 미키 사장과 켄
이 호텔로 왔다.

　"켄, 미키 사장님! 덕분에 여행 잘 했어요. 지난 밤 꿈에 아버

지를 봤어요. 아버지도 맘이 편하신 것 같았고요. 이번 여행에서 많은 걸 느끼고 갑니다."

"좋은 여행이었다니 우리도 보람을 느낍니다. 고국의 여행객을 만나면 힘이 납니다. 경제적으로 부강한 나라이니까요. 그리고 티니안에서 내리면 한국인 3세인 전영재 가이드가 나올 겁니다. 그 친구 할아버지도 티니안으로 징용되어 왔었는데, 일본이 패망했어도 고국으로 돌아가질 못했습니다. 당시 일본군의 통역과 부역을 한 것에 대한 두려움에서였다는군요. 할머니는 일본 여자였고, 어머니는 본토여자입니다. 그는 할아버지 일로 아직도 부담을 느낀다고 했습니다. 그래서인지는 몰라도 한국관광객들에게 매우 호의적입니다. 많은 세계사 공부하시고 밤 비행기로 무사히 귀국하시기 바랍니다."

"Nice guy, Mr Ken! 정말 고마워요. 잘 지내시고요."

"Goodbye. And let me see you again."

공항까지 함께 온 미키 사장은 마지막 인사를 나누고 돌아갔다. 정석은 게이트를 빠져나가는 그들의 뒷모습을 서서 지켜봤다. 며칠간의 여정이 꽤나 오랫동안 꾼 꿈같이 머릿속을 꽉 채워가고 있었다.

Tinian으로

정석은 보딩패스와 직원들이 준 번호표를 받아들고 프리덤 에어(Freedom Air)에 올랐다. 경비행기라 조종사 포함해서 6인승이었다. 비행기는 요란한 소리를 내며 약 15분 정도로 떴다가 티니안에 도착했다. 도착 게이트를 나서자 미키 사장이 소개한 한인 가이드가 이정석 카드를 들고서있었다. 정석은 다가가서 손을 내밀었다.

"반갑습니다. 이정석입니다."

"제 이름은 전영재입니다. 티니안에 오신 거 환영합니다. 저의 어머니는 차모로인이고 저는 한인 3세입니다. 어서 제 차로 가십시다."

가이드가 건네주는 물병을 들고 조금 걸으니 공항주차장이 나왔다. 가이드 차에 오르자 이내 시동을 걸어 공항을 빠져나왔다.

"미키 사장한테 얘기 들었습니다. 이미 사이판의 여러 곳을 다 둘러보시고 오셨으니 몇 군데만 관광하겠습니다. 그리고 이곳은 사이판에서 남쪽으로 5.6㎞, 면적 103㎢에 인구는 3,000여명으로 사이판의 4/5정도의 크기로, '타가비치'서부터, '브로드웨이', '하고이 공군기지(노스필드 활주로: North Fild Runway Able)', '일본해군사령부 유적', '블로우 홀', '자살절벽(Suicide cliff)'과 '원자폭탄 적하장' 터가 있습니다. 자동차로 한 바퀴 일주하면서 둘러보는 데는 2~3시간 정도면 충분할 겁니다. 먼저 남서쪽 끝의 자살절벽으로 가겠습니다."

"이곳의 자살절벽에서도 조선인이 많이 희생된 걸로 압니다."

"네 그렇습니다. 섬 남단에 있는 '자살절벽'은 전쟁의 상흔을 가장 아프게 간직한 곳입니다. 이곳도 사이판 전쟁처럼 포로가 되기를 거부하면서 뛰어내려 자살한 절벽으로, 조선인까지 죽음으로 내몰려 사이판의 만세절벽과 다를 바가 없습니다. 티니안은 사이판처럼 높은 산이 없고 거의 평지로 되어있습니다. 1944년 7월 24일 제2~제4사단이 포병과 해군의 지원으로 8월 2일까지 9일 만에 제압했는데, 사이판과 달리 지대가 평평하여 상륙하기도 용이했거니와, 미국의 만능전투기인 'P-47 선더볼트(thunderbolt)'에서, 나프타에 네이팜제인 증점제로 젤리형으로 만든 것을 충전한 유지 소이탄(燒夷彈)인, '네이팜탄(Napalm bomb:900~1300도에서 연소)'을 투하하여 막강한 화력이 동굴과 벙커까지 태웠습니다. 사이판에서 두루 들러봐서 아시겠지만, 해군 육전대를 이끌던 해군중장 '나구모 주이치' 제독과 사이판 방어 책임자였던 육군 '요시츄고 사이토' 장군이 자살하여 일본군 최후의 사령부 지도부가 멸망했으니, 티니안 방어사령부는 이미 승산이 없음을 감지하여 전의를 상실하게 되었지요. 미군이 '출루비치(Chulu Beach)'에 상륙하여 9,000여 명의 일본군 요새는 제거되고 사이판, 괌과 함께 미 제20공군으로 편입되었습니다. 출루비치는 명소가 되어 미군의 상륙보다, 미혼남녀가 모래를 찍어 손바닥에 별모양이 많이 붙으면 부귀영화를 누린다고 합니다. 별모양의 산호가루는 현지인들에게 행운의 상징으로 여겨지고 있지요."

"이곳 티니안에서도 최고의 요충지를 뺏고, 빼앗기지 않으려한 미일 태평양전쟁의 참혹상을 보여주는군요"

"일본군 수비대가 민간인의 안전을 배려하여 군과 함께 자결하는 행위를 책망했던 '가쿠타 가쿠지' 해군 중장은, '민간인이 옥쇄하는 일은 없을 것이다'라는 의지를 보여 사이판처럼 민간인 자결은 거의 일어나지 않았다고 합니다만, 과연 그럴까 하는 의구심은 드네요."

자살절벽은 얼마 가지 않아서 도착했다. 이곳도 사이판과 달리 넓은 평시아래가 낭떠러지였다. 평지 위에는 'JAPANESE PEACE MEMORIAL'이란 푯말과 작은 공원이 조성되어 있었다. 강제 징용된 한국인이 강제로 자살을 당한 곳에서, 정석은 먼 바다를 바라보면서 묵념을 하고 가이드에게 다가갔다.

"북동쪽에 있는 '블로우 홀'로 가겠습니다. 남쪽 끝에서 북쪽 끝으로 올라가는 겁니다. 이 길은 곧바로 뻗은 중앙로로 남동쪽에서 블로우 홀의 북동쪽 끝으로 뻗어있는 '브로드웨이'라는 길입니다."

전영재 가이드는 이곳에서 직접 운전을 하면서 가이드를 한다고 하였다. 시야가 확 트인 쭉 뻗은 도로를 달리며 가이드가 설명을 했다.

"브로드웨이라고 하면, 뉴욕의 중심가 로드 이름 같습니다."

"네 맞습니다. 마리아나 제도에서의 미군 상륙부대는 해병대 제2사단과 제4사단, 육군 제27사단으로 이뤄진 대부대로, 사이 판에 이어 티니안에서 일본을 물리친 미군이 상륙하여 도로를 확장하게 됩니다. 공사를 하면서 마치 '뉴욕의 맨해튼(Manhattan Island)'섬에 온 것 같다고 했습니다. 그래서 섬 중앙을 남북으로 관통하는 넓은 도로를 만들고 나서, 뉴욕의 중심가에 있는 브로드웨이의 이름을 따서 지었습니다. 그리고 통치 시대에 티니안에 거주하던 일본인들이 세운 '스미요시 신사(住吉神祠)', 'NKK 신사' 등이 숲속에 있습니다. 세계대전 때 파괴되었다가 재건한 것으로, 티니안에 남아 있는 신사 중 가장 보존 상태가 좋습니다. 그들은 전쟁에서는 패했지만, 패전 후에도 통치시대처럼 여전히 군림하고 있습니다. 사이판도 마찬가지지만, 이곳에서도 일본인들의 생활수준은 무척 높습니다. 그들은 관광객을 상대로 많은 부를 누리고 있고요. 섬 곳곳에 그들이 운영하는 각종 편의시설이 대다수입니다. 섬 중심의 언덕으로는 목초지로 개간한 'MDC 목장'이 있는데, 이곳 인구보다 많은 약 8,000마리 젖소와 육우를 방목합니다. 여러 섬 중에서 가장 큰 목장입니다. 그러니 미국령이라고 해봐야 일본이 많은 이익을 챙기는 것이지요."

공항에서 브로드웨이를 한참을 달려서 도착하니 바다가 언덕아래에 펼쳐졌다. 차에서 내려 가이드를 따라 넓은 풀밭을 걸어 내려갔다. '블로우 홀'의 물웅덩이 주변 바닥의 산호초는 무척 날카롭고 뾰족했다. 가이드가 가리키는 곳을 바라봤다. 파도가 거칠게 밀려오자 갑자기 물기둥이 위로 힘차게 솟아올랐다.

"산호초로 만들어진 바위의 일부가 침식되면서 생긴 빈 공간 때문입니다. 그래서 파도가 칠 때마다 그 압력으로 좁은 곳을 통해 솟구칩니다. 그런 모양이 고래 숨구멍 같다고 해서 영어로 '블로우 홀(Blow Hall)'이라하며 한 10여 미터를 솟아오릅니다."

물기둥이 되어 솟아오르면서 가는 물보라가 사방으로 흩어져 정석의 몸 위까지 뿌렸다. 정석은 옷이 젖는 줄도 모르고 한참을 바라보며 심호흡을 했다.

"산호바위가 떨어져 나갈 정도로 파도가 거셉니다."

"네, 소리도 거칠고요. 이 교수님 이제 가시죠."

다시 가이드를 따라 언덕을 올라갔다. 가이드는 천천히 출발을 하였다. 하고이 공군기지를 들어서면서, 일본군 지휘소의 일본군 항공대사령부 청사는 괴물처럼 뼈대만 앙상하게 버티고 있었다. 탄약창고와 폭파된 연료창고, 발전소와 통신시설, 해안의 벙커, 포대 등도 밀림 속에서 세월을 삭이고 있었다.

"일본이 남양군도에 최대 규모로 건설한 '하고이 비행장'을, 미군이 티니안 점령 후 B−29 폭격기 전용으로 확장한 '노스필드 활주로(North Fild Runway Able)'입니다. 그래서 전략적 선택인 교두보로 원자폭탄 발진기지를 확보하게 된 것이지요. 북쪽에는 현재 원자폭탄 적하장터와 기념비를 볼 수 있습니다. 그런데 아이러니하게도 최근에 미 해병대와 일본육상자위대가 이곳에서 연합 상륙훈련을 했습니다."

"그런데 북한이 미국 영토를 직접 공격할 수 있는 미사일을 보유하고, 괌 사격 위협을 하지 않았습니까?"

"네, 김정은이 'ICBM(Intercontinental Ballistic Missile)'으로 괌을 초토화하겠다 했는데, 화성 15호(火星15號)를 2017년 11월 29일 최초 시험발사에 성공하였고, 지구 전역을 핵공격 할 수 있다며 30일 발사 동영상을 공개했지요. 미사일 전문가인 미국 물리학자 '데이비드 라이트' 박사는, 일반적인 각도에서는 약 13,000km까지가 가능하다 했습니다. 또한 일본 '오노데라 이쓰노리' 방위상은, 발사 시는 한발이었으나 떨어질 때는 몇 개여서 '다탄두'라 추정했습니다. 또한 마하20이라 '패트리어트', '사드' 등으로는 요격이 불가능한데, 인도의 ICBM 발사를 묵인하는 것은, 중국을 겨냥하고 있기 때문입니다. 중국이 동북아에서 세력을 넓히자, 인도는 서남아를 커버하면서 파키스탄에서 중국을 주적으로 삼고, 세계 최대의 무기수입국이 됐습니다. 지구 면적의 50%를 관할하는 미국은 북한이 ICBM으로 위협할 때마다, '괌'에서 B-1B 랜서 폭격기를 한반도로 출격합니다. 미 본

토보다 한국이 3000km, 북한이 약 4000km로 훨씬 가깝기 때문입니다."

"뉴스에서는 아프라 해군기지와 괌 북부의 '아마딜로 사이트'에는 북한의 탄도미사일을 요격할 '사드(THAAD: 고고도미사일 방어체계)' 1개 포대가 배치되어 있으며, 2022년부터는 일본 오키나와 주둔 해병대 5000명과, 그 가족 등 1300여 명이 괌으로 이전할 계획인데, 미사일 위협을 느끼는 괌 주민들과 군사시설을 보호하기 위함이라는 군요."

"네, 그래서 중국이 남중국해의 '파라셀 군도', '스프래틀리 군도'의 암초를 매립하여 군용 비행장과 레이더 기지를, 필리핀과도 대치하면서 '스카보러 암초'도 매립하여 조기 경보 레이더 기지를 건설하면, 활동 범위가 1000㎞까지 가능하여 괌이 감시범위에 들어가고요. 그래서 괌 주둔 전략폭격기의 공군력과, '아프라 해군기지'의 '공격원잠(어뢰관만 있는 소형 핵잠수함)'들이 머물며 남중국해와 한반도를 비롯한 동아시아의 해저에서 유사시 미 핵 항모의 기항을 호위하는 것으로 알려졌습니다."

"그만큼 미국에겐 '괌'이 중요 요충지인 셈이네요."

"그렇지요. 원폭에 대해 이야기 하다 북한의 ICBM때문에 이야기가 다른 곳으로 흘렀네요. 처음 원폭개발은 미국의 주도아래 영국과 캐나다가 공동으로 참여한 '맨해튼 프로젝트(Manhattan Project)'인데, '레슬리 리차드 그로브스(Leslie Richard Groves)'

준장이 총괄 책임자였으며, 과학자들로 급조(急造)된 위원회는, 1942~1946년까지 극비리에 추진했습니다. 미국의 '민관합동부문'은 '맨해튼 지구(Manhattan District)'이고, 프로젝트 전체를 총괄하는 공식명은 '대체자원개발(Development of Substitute Materials)'로, 공식명을 대신하는 맨해튼은 미국 암호명이고, 영국의 참가조직의 암호명은 '특수강관(特殊鋼管)'인 '튜브 앨로이스(Tube Alloys)'였습니다. 1933년 핵연쇄반응을 발견하여 핵에너지를 현실화 시킨 물리학자 '레오 실라르드(Leo Szilard: 헝가리출생, 미국의 유대인 물리학자)' 등은, 독일이 먼저 보유할 것을 우려해 제32대 루스벨트 대통령에게 진언의 편지를 보내는데, 서명자 중에는 같은 망명자인 '아인슈타인(Albert Einstein: 독일출신, 이론물리학자)'의 이름도 있었습니다. 뉴멕시코주의 '로스앨러모스 국립 연구소(Los Alamos National Laboratory)'를 중심으로 전개된 맨해튼 계획엔, 한때 13만 명의 인원과 20억 달러(지금의 230억 달러)가 쓰였습니다. 그중 90%가 '原子爐(원자로)' 등의 시설에, 10%가 폭탄 제조, 설계 등에 사용하여 세계 최초로 두 가지의 원자탄을 개발하게 되었습니다."

"하여튼 맨해튼 프로젝트는 어마어마한 규모였네요."

"맨해튼이 개발한 팻 맨은 1950년에 사라지고 맙니다. 그러나 2018년 5월 14일 NYT에 따르면, 미국 국방부와 에너지부는 사우스캐롤라이나 주(州) '사바나 리버 원자력 연구단지(Energy

Department's Savannah River Site)'에서 차세대 핵무기의 핵심 부품을 개발하는 계획을 공개했는데, 트럼프 대통령이 트위터를 통해 '6월 12일 싱가포르 북미정상회담 개최'를 예고했었습니다. 노후화한 핵무기를 수백 개의 핵무기로 전환하는 작업이 진행될 예정으로 알려졌습니다. 특히 '핏(pit)'으로 불리는 핵심 부품은 핵탄두 내부에 장착되는데 자몽 크기에 불과하지만, 폭발력은 히로시마 원자폭탄의 1000배에 이르는 것으로 전해졌습니다. 이 얼마나 무서운 세상입니까?"

"당시는 핵폭탄을 운송하여 떨어트려 터지게 하는 방식이었지만, 지금은 기지에서 미사일에 장착하여 목표지점에 떨어지게 하니 말입니다. 이제는 핵의 무게가 아니라 장거리가 좌우하네요. ICBM(대륙간 탄도탄)에 자몽 크기의 '핏(pit)'을 장착이라. 지구를 박살낼 수도 있겠습니다."

맨해튼 계획에 대해서 듣다보니 원폭지하저장고가 있는 '원폭 탑재지점(Atomic Bomb Fit)'에 도착했다. 가이드를 따라 원폭탑재기로 갔다.

폭탄을 저수위 B-29에 유압식으로 들어 올리는데 사용된 두 개의 폭탄 적재용 구덩이는, 두꺼운 유리로 된 보호 삼각 지붕으로 덮여 있었다. 그리고 내부에 걸린 커다란 사진은 '에놀라 게이(Enola Gay)'와 '벅스카(Bock's Car)'에 적재하는데 사용했다는 내용이었다. 그리고 '원폭탑재기 발진 기념비(Atomic bomb pit)'에는, 'NO.1 BOMB LOADING PIT HIROSHIMA AUGUST 6.1945'에 발진한 '리틀 보이(Little Boy)'이고, 다음은 'NO.2 BOMB LOADING PIT NAGASAKI AUGUST 9.1945'에 발진한 '팻 맨(Fat Man)'이었다. 주변에는 평화의 상징인, 야자수와 플루메리아가 아픈 상처를 아우르듯이 조용히 불어대는 바다바람에 흔들리고 있었다.

"핵폭탄을 실은 미 해군의 포트랜드급 중순양함 '인디애나폴리스(USS Indianapolis, CA-35, 배수량 9,800톤)'는, 1945년7월 16일 샌프란시스코를 출항하여 7월 28일 티니안(Tinian)에 도착, 최종 조립을 극비리에 진행했습니다. 그리고 인디애나폴리스는 7월 30일 귀로에 필리핀 해역에서 잠수해 대기하고 있던 일본해군 잠수함, '이 58(伊58, 伊號第五八潛水艦, 수중기준배수량 3,688톤)'의 어뢰 3발을 맞아 승무원 316명과 함께 수장되었습니다. 여기 '로딩피트'는 대량의 폭탄을 항공기에 탑재하는 곳이고, 핵은 너무 크기 때문에, 비행기의 '폭탄 베이(Bomb Bay)' 문을 열고 구덩이에 있는 유압 마운트에 끌어당겨져서 안착합니다. 유리조형물로 덮어서 전시되고 있는 원폭로드 구덩이는, 핵폭탄을 원폭피트 3×5m, 깊이 250㎝ 정도 크기로 내부는 사진 패널 및 원자폭탄 탑재 과정 등을 볼 수 있습니다."

"이곳에서 핵폭탄을 유압식으로! 얼마나 무거웠으면?"

"네. 제509 혼성부대소속의 원폭투하작전용으로 개조된 14

기 중 먼저 '기상관측기' 3기의 B-29와, '과학관측기', '예비기'와 '폭탄투하기'가 이륙했습니다. 8월 6일 핵폭탄 'Mark 1(길이 3m, 지름 0.73m, 무게 4톤-TNT 15,000톤에 해당)'을 탑재하고, '폴 티베트(Paul Warfield Tibbets Jr)' 대령이 조종한 B-29 폭격기 '에놀라 게이(Enola Gay)'가 티니안 활주로를 이륙합니다. 오전 8시 15분 히로시마 상공에서, 외형이 가늘고 길어 '리틀 보이(Little Boy)'라는 애칭을 갖은 '원폭우라늄탄'은 우라늄 농축방식을 통한 원자탄입니다. 여기에는 기폭장치도 포신형을 이용해 임계질량 이하의 우라늄을 따로 나누어 넣고, 기폭 시에 합쳐져서 핵폭발이 일어나도록 하였습니다. 에놀라 게이에서 낙하된 '리틀 보이'는 바람으로 인해 목표에서 벗어났습니다. 조준점 T형의 '아이오이 다리'에서 약 240m 외곽의 '시마 외과병원' 570m상공에서 폭발했습니다. 먼저 관측용 B 29가 고도 31,600 피트(약 9,632m)에서 원폭에 의한 풍압 등을 관찰하기 위해서, '라디오존데(Radiosonde: 대기상층의 기상 관측 기계)'를 매 단 낙하산 3개를 낙하시켰습니다. 그 낙하산은 시민들의 눈에도 목격되었고, 세 대의 B-29는 급히 열선과 폭풍의 직격에 의한 추락을 면하려고 진로를 155도로 급선회했습니다. 폭탄고를 벗어난 '리틀 보이'는, 꼬리의 안전날개에 공기를 품어 포물선을 그리며, 약 43초 낙하한 후에 600m 상공에서 핵분열 폭발했습니다. 그러나 일본이 항복을 하지 않습니다. 그래서 다시 8월 9

일 오전 '플루토늄핵폭탄(Mark 3)'을 탑재하고, B-29 장거리 통상폭격기 '벅스카(Bockscar, 기체번호 44-27297)'의 조종사 '챨스 스위니(Charles W. Sweeney)' 소령은, 요코하마 상공에서 호위전투기와 합류하여 북 규슈 '고쿠라' 상공에 도착합니다. 그런데 전날 '야하타(Yahata)' 근처의 대규모 폭격으로 화재가 발생, 안개와 연기로 목표물 식별이 어렵게 되었지요. 다음 목표지 '나가사키'로 갔으나 상공엔 구름이 잔뜩 끼어있었습니다. 연료가 얼마 남지 않아 마지막 선회하면서 '오키나와'로 기수를 돌리다 미쓰비시 중공업을 발견합니다. 그때가 오전 11시 2분. 고도 9,000m 상공이었습니다. 'Mark 3(길이3.5m, 지름1.5m, 무게4.5톤)'는, 외형이 'Mark 1'보다 비만형인 '팻 맨(Fat Man)'이란 애칭의 '플루토늄239'로, TNT 22,000톤(22kiloton)을 수동투하 약 500m 상공에서 폭발했습니다. 그런데 히로시마(廣島) 원폭의 1.5배로 40%나 더 강했으나 나가사키는 산이 많아 피해는 덜했고, '챨스 스위니' 소령은 연료를 아끼려 엔진 회전을 줄여 저공으로 오후 2시 오키나와에 착륙하게 됩니다. 그때 겨우 26리터가 남아 다시 연료보급 후 무사히 티니안(Tinian)에 귀환하게 됩니다."

"그래서 '리틀 보이(Little Boy)'로 말을 듣지 않자 이번엔 비만형인 'Fat Man'을 맞고 항복을 했군요. 일본 군부나 전 국토의 황폐화는 물론, 자신들의 입지도 위태롭기에 말입니다. 미키 사장이 간단하게 설명을 해주더군요."

"네. 목표지 선정 때도 이견이 있었습니다. 1945년 5월 11일 '(목표검토위원회 제2회 회의)'에서 '교토시(京都市)', '횡빈시(橫濱市)', '히로시마시(廣島市)', '고쿠라시(小倉市)'의 4대 도시로 선정이 되었었는데, 필리핀 총독을 지냈던 육군장관 '헨리 루이스 스팀슨(Henry Lewis Stimson)'은 교토시를 반대했습니다. 이유는 장래 일본의 관계 및 수백 년의 역사적 문화재까지 파괴될 가능성과, 전후 미국에 대한 강한 반감 등이었습니다. 또한 일본의 군사 요충지를 선택하자고 권고했는데, 대신 '니가타'가 포함되었다가 다시 '히로시마', '나가사키', '고쿠라'로 확정되어 1945년 7월 25일 트루먼 대통령이 원폭투하를 승인했습니다."

"그럼 사이판전쟁에서 승리하고 곧바로 티니안을 함락시킨 거겠네요?"

"네. 1944년 7월 사이판 일본군의 옥쇄 작전을 뚫고 티니안으로 상륙한 미군은, 공병대를 투입해 일본본토를 치기위해 노스필드 지역 1개의 활주로를 2.6km길이로 4개의 활주로로 늘립니다. 최대 항속거리 5,000km인 B−29기는 이곳에서 발진해야 2,400여 km의 일본까지 왕복할 수 있기 때문입니다."

"B−29 폭격기라면 노스필드 활주로에서 출격하여 일본 남쪽지역의 도시에다 원폭을 투하하고 돌아올 수 있는 거리군요?"

"네. 돌아올 수 있는 거리이긴 하지만, 미군의 'P−51 머스탱'

전투기는 작전 반경이 1,500㎞ 정도라, B-29를 끝까지 호위를 못해 일본군 요격기가 공격을 하는 동시에, 가까운 마리아나 제도 미군비행장까지도 공격합니다. 미군 폭격기 이동을 미리 예측하고 본토에 알리고 출격했기 때문에, 12월에만 일본방위군의 폭격에 B-29가 11대나 파괴를 당했습니다. 일본 본토를 폭격하기 위해서는 이오지마 상공을 지나야 했기에 위험부담이 컸습니다. 그래서 태평양통합작전본부는 이오지마 점령이 절실했습니다. 결국 미군은 오가사와라 제도에서 디태치먼트 작전으로, '이오지마 전투(Battle of Iwo Jima, Operation Detachment: 硫黄島の戦い: 1945. 2.19~3.26)'를 개시합니다. 제2차 세계대전 태평양 전선에서 가장 치열했던 전투로, 거의 유황축적물로 덮인 유황섬(硫黄島)은 도쿄 남쪽의 1,080km, 괌 북쪽 1,130km에 위치합니다. 이 전투에서 20,933명의 일본군 수비 병력 중 20,129명이 전사해 피해율 96%로 미군 전사자 6,821명, 부상자 21,865명으로 미군의 피해가 더 컸습니다. 그러나 많은 사상자를 내면서도 결국은 이오지마를 점령합니다. 이후 오키나와 공략 전 전진기지의 획득과, 티니안, 사이판의 B-29 폭격기의 항속거리가 완화되어, 'P-51 머스탱 전투기'가 중간에서 급유를 받을 수 있었습니다. B 29는 머스탱의 호위를 받으며 본격적인 일본 본토 공습을 하게 됩니다. 그런데 이오지마는 미 육군항공대와 공군이 기지로 사용하다가 1968년 일본으로 반환했습니다."

"현장을 둘러보고 나니 이해가 갑니다. 더군다나 전영재 가이드님의 친절한 설명을 들으니 당시 상황이 필름처럼 스칩니다. 여러모로 함께 해주신데 대해 감사를 드립니다."

"도움이 되셨다니 보람을 느낍니다. 저는 한인 3세로 늘 할아버지 나라를 동경해왔었습니다. 미키 사장한테 들어서 아시겠지만, 세계 2차 대전당시는 일본의 노예였었는데 어떻게 부역을 거절할 수 있겠습니까? 그래서 저는 한국인 관광객을 만나면 무척 반갑지만 한편으로는 좀 조심스럽습니다."

"그거야 선조께서 하신 일이고요. 가이드님은 한국의 6·25 사변을 겪어보지 않아서 모를 겁니다. 일본이 항복하고 한국이 해방을 맞습니다. 그런데 미국과 소련이 개입하는 바람에 남과 북으로 갈라져, 소련의 노선인 북한은 공산주의, 미국의 노선인 남한은 민주주의로 갈리면서 5년 후에 북한이 전쟁을 일으키지요. 당시에도 접전지에서는 북한군(인민군)이 쳐내려오면 인민군 만세! 국군(아군)이 밀고 올라오면 아군 만세! 라고 했습니다. 참으로 통탄할 일이지요."

"이렇게 이해해주시니 기분이 좋습니다. 가이드를 하며 오늘처럼 기분 좋은 날은 없었습니다. 이제 공항으로 갈 시간입니다."

"사이판 비행기 시간은 아직 많이 남아있으니까, 아예 티니안 시내에서 점심을 먹고 떠나겠습니다. 어디 좋은 곳으로 안내를 좀 해주시죠. 오늘 너무 고마워서 제가 점심을 살 테니 부디 사양치 마셨으면 합니다."

"네 알았습니다. 고맙습니다. 원주민이 운영하는 산호세 마을의 JC 카페가 괜찮아 그리로 가겠습니다."

가이드가 잠시 차를 몰아 시내로 들어가 식당 앞에 차를 세웠다. 붉은 지붕 위의 간판 중앙에 'CJ-CAFE'라고 큼지막하게 자리하고, 좌측엔 일본어 가타카나로 'レストラン'이고, 우측에는 '식당 가라오케 술집'이라고 한글로 되어있었다. 차에서 내려 가이드를 따라 안으로 들어갔다. 식탁은 빨간 체크 패브릭(fabric)으로 깔아놓고 홀은 꽤 넓었다.

"가이드님이 메뉴를 골라보십시오. 같은 걸로 들겠습니다."

"네 그렇게 하죠. 파스타가 어떻겠습니까?"

"네 좋습니다. 운전을 하니까 시원한 레모네이드를, 나는 맥주를 한잔 하겠습니다."

가이드가 메뉴를 보고 스파게티 미트소스(Spaghetti Meat Sauce)와 음료를 주문했다. 정석은 실내를 둘러보다 어느 포스터에 시선이 꽂혔다. 2012년 핼러윈(Halloween) 파티가 있었던 모양이었다. 'OPPA GANGNAM STYLE DANCE CR-AZE: OCTOBER 31, 2012 8PM TO ????' 가장 뛰어난 의상, 분장, 매력적, 웃기는가에 따라 각각 상금이 $ 50.00이었다. 싸이의 강남스타일이 세계 속에서 얼마나 대단했던지 알만했다. 얼마를 기다리니 주문한 식사가 나왔다. 토스트와 버터가 함께 나왔다. 맛이 괜찮왔다. 식사 후 에스프레소를 마시고 밖으로 나왔다.

가이드는 이내 차를 몰아 티니안 국제공항으로 갔다. 공항에서 내려 서로 포옹을 하고나서 가이드는 떠났다. 정석은 멀리 차가 보이지 않을 때까지 서서 손을 흔들어주었다. 국내선 청사의 오른쪽으로 들어갔다. 대합실에는 많은 관광객이 북적였다. 앉아서 스트로로 음료를 마시며 이야기로 한가한 시간을 보내는 한 무리는 한국인 같았다. 정석은 '마리아나 에어(Star Mariana Air)'카운터로 가서 탑승안내를 받아 6인승 경비행기를 탔다. 날씨가 좋아 푸른 바다가 더욱 짙어보였다. 이윽고 사이판에 도착했다. 정석은 바로 옆 국제선 청사로 이동하여 수하물을 부쳤다. 사이판의 국제공항 대합실의 시계는 조용히 가고 있었다. 점점 비행기 탑승시간은 다가오면서 미크로네시아의 하늘은 붉게 물들어져가고 있었다.

작가의 말

소설집을 내면서

올 여름은 너무도 더웠다. 덥다고 하기보다는 한증막 같았다고 해야 옳을 것 같다. 한여름에 타 문예지에 발표한 작품교정과단, 중편을 집필하는 작업이 여간 힘드는 게 아니었다.

그래도 초가을에는 출판사에 원고를 넘길 수 있겠다 싶어 더위와 맞서서 작업을 했다. 그러나 진도가 영 시원치가 않아 자꾸나태해져서 맥이 빠졌다. 더위로 인해 내가 그 굴레 속으로 빠져든다고 마냥 날씨 탓만 할 일은 아니었다. 주위를 둘러보며 이런저런 별의별 상상을 다해보지만, 이미 형상화된 보이지 않는 바이러스 같은 존재가 골수로 파고든 듯 어깨를 짓눌렀다. 그 게으름의 바이러스는 나를 오래도록 성가시게 했다.

어느 날인가 컴퓨터 앞에서 졸다가 누군가를 부르는 소리를들었다. 나는 무의식 상태에서 고개를 들었다. 그간 쓰다만 작품들이 고개를 쳐들고 다가오고 있었다. 나는 깜짝 놀랐다. '이게 아닌데, 이게 아닌데!' 하면서, 그냥 잊고 지내기로 했던 자신을 책망하면서 자성의 덫에 걸렸다.

캐릭터(Character)로 선정해놓은 특정 인물들이 자꾸만 애를 태웠다. 적소에 배치하는 일로 고심했는데, 이번에는 주제의식을 찾지 못해 헤매기 부지기수였다. 이럴 땐 경찰이 용의인물을 수사선상에 올려놓고, 성격이나 행동 등을 면밀히 추적하는 일종의 프로파일링(Profiling), 그 심리를 적용해야 하지 않을까 하는 생각도 들었다.

실명(失明)을 한 후에 『실락원』을 쓴 '존 밀턴'이 남긴 명언까지도 떠올리기까지 했다. '정말 비참함은 앞을 못 보게 된 것이 아니라, 그 환경을 이겨낼 수 없다며 주저앉는 것이다'라고 한 말은 '불행함을 겪으면서 미처 생각지 못할 그때에 새로운 길이 열릴 수 있음이 아닌가?' 그동안 한참을 서성거리다 다시 원위치로 돌아온 방랑자다운 미로에서, 개척자의 정신을 찾아 돌고 돌아 지금에 이르렀음이었다.

서늘한 가을로 접어들면서 더욱 더 바빠진 욕구 속에는 여자의 내면세계가 절실했다. 그 속에는 분명, '사실(Fact)'과, '진실(Truth)', '거짓(False)'이 존재한다는 엄연한 진리 앞에서 또 한 번 고심해야 했다.

다섯 편의 단편과 한 편의 중편을 최종 교정을 보는데 서서히 하늘에서 바람이 불어왔다. 예기치 못했던 순풍이었다. 그러나 시간이 지날수록 그 바람은 가슴속으로만 파고들었다. 바람은 점점 거세어져 결국은 심장을 찌를 듯이 날이 선 칼바람으로 변모했다. 나는 이 작품집의 표제작인 『바람이 머물다 간 자리』를 쓰면서 많은 시간을 소비했다. 사랑이라는 명맥으로 머물렀던 그 바람의 강도를 높이려 했지만, 작품이 발표되고 난 후의 반응에 대해서도 의식을 하지 않을 수가 없었다. 저속한 불륜으로 인식되어지기 십상이기 때문으로, 분명 사람은 태어나면 늙어가게 마련이다. 그러면 모든 기능도 예전만 못함을 받아들여야 하는데, 여자는 마음만 앞서서 현실을 타파하려 든다. 육신과 정신의 더 이상의 '사실' 속에서 '진실'을 고집할 수가 없었다. 결국은 여자로 인한 사랑의 굴레는 바람이 머물렀던 곳에서 '거짓'처럼 소멸해갔다. 상상속의 불길이 타다 말듯이.

'원수불구근화(遠水不救近火)'의, '먼 데 물이 가까운 불을 끄지 못 한다'와 '가인어월이구익자(假人於越而救溺子)'의 '먼 월(越)나라에서 사람을 빌려 물에 빠진 사람을 구한다'의, '하는 일이 옳아도 방법이나 시기를 놓치면 아무 소용없다'라는 한비자(韓非子)의 설림상(說林上)에 나오는 고사가 나를 옥죄어왔다. 작품 발표 일을 늦추지 않게 하려니 때와 시기가 더욱 절실한 것은 사실이었다.

이제 지긋지긋한 군상들을 떠나보내고 나서 홀가분해야 하는데 그렇지가 않았다. 그동안 존경하는 작가님들께서 보내주신 장편, 단편집을 쌓아놓고 읽지를 못했으니 열심히 읽고 감사의 인사를 보내야 하겠기에 말이다.

2018년 11월

윤 재 룡

바람이 머물다 간 자리

초판 1쇄인쇄 2018년 12월 3일
초판 1쇄발행 2018년 12월 5일

저   자 윤재룡
발행인 박지연
발행처 도서출판 도화
등   록 2013년 11월 19일 제2013-000124호
주   소 서울시 송파구 중대로34길 9-3
전   화 02) 3012-1030
팩   스 02) 3012-1031
전자우편 dohwa1030@daum.net
인   쇄 (주)현문

ISBN | 979-11-86644-72-0 *03810
정가 13,000원

도화道化, fool는
고정적인 질서에 대한 익살맞은 비판자,
고정화된 사고의 틀을 해체한다는 뜻입니다.